隐喻集

许淳彦 著

项目策划：王 军 欧风偃 王 冰
责任编辑：徐 凯
责任校对：毛张琳
封面设计：墨创文化
责任印制：王 炜

图书在版编目（CIP）数据

隐喻集 / 许淳彦著. — 成都：四川大学出版社，2021.8
（明远星辰文库）
ISBN 978-7-5690-4927-5

Ⅰ. ①隐… Ⅱ. ①许… Ⅲ. ①诗集－中国－当代 Ⅳ. ① I227

中国版本图书馆CIP数据核字（2021）第174424号

书名	隐喻集
	YINYUJI
著　　者	许淳彦
出　　版	四川大学出版社
地　　址	成都市一环路南一段24号（610065）
发　　行	四川大学出版社
书　　号	ISBN 978-7-5690-4927-5
印前制作	四川胜翔数码印务设计有限公司
印　　刷	四川盛图彩色印刷有限公司
成品尺寸	145mm×210mm
插　　页	1
印　　张	7.25
字　　数	177千字
版　　次	2021年9月第1版
印　　次	2021年9月第1次印刷
定　　价	38.00元

◆版权所有 ◆侵权必究

◆ 读者邮购本书，请与本社发行科联系。
电话：(028)85408408/(028)85401670/
(028)86408023　邮政编码：610065
◆ 本社图书如有印装质量问题，请寄回出版社调换。
◆ 网址：http://press.scu.edu.cn

四川大学出版社
微信公众号

总序

由四川大学文学与新闻学院、四川大学出版社、四川大学对外联络办公室共同发起、组织的"明远星辰文库"终于问世了,这是第一套正式出版的四川大学校园文丛,有着特别的历史意义。这套文库每年的新书发布会,将成为四川大学校庆期间的文化活动之一,发挥凝聚学生、联络校友的重要作用。作为活动的组织者之一,我有一种克制不住的由衷的喜悦。借此机会,也想来说一说我所见闻的校园文学往事。

一百余年前,北京大学的老师安徽人胡适之、成都高等师范学校(四川大学前身)的老师成都人叶伯和先后开始了白话新诗写作,积少成多,风气渐开,中国新诗与中国新文学如星星之火一般,终于形成燎原之势。中国现代文学诞生在高等院校的校园里,来自校园里或许还相当稚嫩的文字,在这片土地上开掘出一条越来越宽广的大道,通向生机无限的未来。

近四十年前,我在大学与文学深情相遇。经历了20世纪70年代荒芜的中学生活之后,一个青年学生的艺术思维被真正激活,多少个诗歌与散文相伴的夜晚,抒情的、智慧的声音,优美的、忧郁的、激昂的文字撞开了想象的天窗,历史与现实的激情在这里重合、汇流。朦胧诗的论争,各种民间刊物的流传,谢冕教授出现在北京师范大学的阶梯教室,诗人的激动裹挟着论争的焦虑,后来我们有了文学活动频繁的五四文学社,有了以舒婷诗集命名的《双桅船》杂志,有了《五四文学报》。就是在那时,一位高原诗人率领"中国诗歌天体星团"扫荡北京各大高校,抵达北京师范大学,他的嗓子嘶哑到已经无法亲自朗诵诗作了,但显然又十分不满意他人的"代诵",待到情急之际,竟突然跳上三尺讲台,在半空中时而挥舞双臂,时而回头在黑板上奋力写下各种奇异的句子……也是那一年冬天,我带着《双桅船》和《五四文学报》回到家乡重庆,在重庆师范学院的学生宿舍里找到燕晓冬,希望与这位"大学生诗派"的主将交换刊物。踏进重师校门的时刻,身居北京所形成的那种"中心"意识曾经让我迸出一个念头:在这里,也敢公然代表"大学生诗派"——今天想来,这样的"中心"意识真是狭隘得可笑!

"大学生诗派"就是在远离中国教育与政治中心的地方矗立起来的,这样的命名不仅贴合山城重庆作为"诗歌之城"的现实,更是先锋性地道出了20世纪80年代中国新诗在校园蓬勃发展的未来,几年之后,才有评论家认真关注中国当代诗歌创作中的"校园诗歌"现象。

中国的学校教育,尤其是高等教育占据着文化金字塔的塔尖，因为受中国语言文化的熏染，这里的人们往往成为一系列重要社会现象的最积极思考者，并最终成为某种新的文化思潮的创立者、领导者。如果说文学发展的动力同时存在于"非精英"的凡俗人生与"精英"的文化空间，那么肯定是凡俗的人生给我们带来了种种真切的冲动，而来自文化空间的话语结构则促使我们将这些冲动编织成艺术的逻辑，或者完善为文学的新秩序。

一百年之前，是浸润过异域高等学堂教育的胡适之、叶伯和们为中国编织了艺术新逻辑，重建了文学的新秩序。

四十年前，中国校园文学的崛起推进了新时期诗歌艺术与文学艺术的发展，虽然此后文学的范围不断扩展，到20世纪90年代又有所谓"民间写作"与"知识分子写作"的论争，21世纪还出现了"打工诗歌""底层写作"，但有意思的是，自称"民间写作"的人大多还是来自"校园"，最"资格"的底层写作也不断将他们的出版物寄送至各大高校，包括收藏各种底层创作最丰富的四川大学刘福春文献馆，几乎所有的文学流派都希望能够在校园里找到热情的回应。

中国当代文学的前行当然离不开大学校园这一重镇，新的燎原之火依然期待我们的大学生继续点燃校园创作的星星火苗。这就是校园文学的使命。

作为西南地区历史底蕴深厚的高等学府，四川大学经历了一系列复杂的演化、聚合与重组过程，众多富有历史影响的知识分子在不同的时期与川大结缘，构成"川大文脉"的一部分。例如四川省城高等学校下属机构的分设中学堂时期的学生郭沫若与李劼人，公立外国语专门学校时期的学生巴金，成都高等师范学校时期的受聘教师叶伯和，国立成都大学时期的受聘教师李劼人、吴虞、吴芳吉，国立四川大学时期的陈衡哲、刘大杰、朱光潜、卞之琳、熊佛西、林如稷、刘盛亚、罗念生、饶孟侃、吴宓、孙伏园、陈炜谟，新中国成立以后的川大学生中则先后出现了流沙河、童恩正、杨应章、郁小萍、易丹、张放、周昌义、莫怀戚、何大草、徐慧、赵野、唐亚平、胡冬、颜歌等。值得注意的是，我在这里写下的名字是教授、学者、大学生、博士或硕士研究生，但他们同时也是一位又一位知名作家，四川大学已经用自己的历史向人们"证伪"了一个流传已久的经典判断：高等院校不能培养作家。高等教育究竟能不能培养作家，这可能首先并不是一个理论问题，而是一个需要在实践中认真观察、总结的现实问题。因为，从现存的各种文学理论框架中提炼不出作家养成的适用条款，让习惯于照本宣科的教师无从取法，但是，在我们不曾留意的校园某处，却总有一个又一个写作者在默默成长，有的早早就引人注目，却难以被纳入既有的教育逻辑，更多的则是另辟蹊径，自由发展，直到有一天赫然挺立，脱胎换骨，成了"母校的骄傲"。这个时候，其实轮到了我们的大学教育自我反省：是那些校园写作太过另类，超出了教育规则的约束，还是我们的教育本身就需要一次新的检讨？

当然，教育的反思和改革总是一个需要时间付出的过程，即便当今如火如荼的"创意写作"尝试也还有不少亟待解决的难题，但是在一切理论的"定稿"最终出台之前，对现有校园文学的鼓励、扶持、观察和总结则是我们应有的责任，尤其在四川大学这样一个创作传统绵延不绝的地方，我们没有理由不积极工作，至少能为这里本来就存在的文学火种添薪加柴，以我们有限的温暖呵护那些幼小的青苗，迎接他们即将到来的生机勃发的季节。

总　序

　　在这个意义上，"明远星辰文库"的设立是一次传递文学暖意的教育新尝试，在它刚刚搭起的阳光大棚里，希望有更多年轻的生命在新时代自由生长。

　　感谢四川大学出版社，感谢四川大学对外联络办公室，感谢四川大学文学与新闻学院，感谢所有策划、支持和参与这一"暖阳"活动的领导、老师和同学们！温暖人性的文学在我们大家心上。

2021 年 8 月于江安校园

目 录

一 远游和返程

语言的彼岸（组诗） /003
  每件平静的事物都不平静 /003
  与光阴的夹角 /004
  刹那蝉鸣 /006
  在无声的事物中央 /007
  年轮之诗 /008
  语言的彼岸 /009

来自泥土的语言，或巴蜀乡愁（组诗） /011
  灯火里 /011
  江阳书 /012
  纯粹的宁静从天空落下 /013
  美学时间 /014
  万物生 /015

成都明月歌（组诗） /017
  锦江在上 /017
  不死的成都 /018
  明月歌 /019

芙蓉树下 /020

成都夜未央 /021

宁静致远 /022

碰触一场雨的突兀（组诗） /024

方圆，或其他可以唤醒我的规则 /024

无趣地活着，但不能只是活下来 /025

咳嗽药片，或坦诚的词语 /025

这些天，我开始明白这个世界了 /026

金属特征下的纤维论断 /027

雨后，是石头的时间轴在读秒 /027

爆裂之美 /028

小蘑菇。小苍耳。小麻雀 /028

盛放种子的器皿。欢喜。秸秆 /029

雨果的天空 /029

人类是对一个虚体连接其他虚体的描写 /030

宛如清澈的灵魂 /031

我的故事不是虚假的 /031

想象的南 /032

燕麦，在白瓷碗里潜伏着 /032

词语，也是生命的一部分 /033

我哭过，也笑过 /034

南方 /035

腹语者 /035

碰触一场雨的虚无 /036

孔雀和月亮，都是时间的代词（组诗） /038

日夜经 /038

在白塔镇 /039

目 录

  佛灯 /040

  孔雀与银河 /041

  断舍离 /042

  时间的波纹 /043

祭 /045

站起来，才是一生 /047

雨下了两天两夜 /049

有一双眼睛看着我 /051

在一张纸上勾勒出我的记忆 /053

命题 A，恰好是 B 的伪证 /055

站在船头的少年把宇宙颠倒过来 /057

沉思录（组诗） /059

  风吹来遥远的海腥味 /059

  岸的两面，时间和不平行的我 /060

  铜像前的太阳 /061

  时间的刺 /062

  灰。蒙在生命上的油彩和暗示 /063

  雨站。或沉思者笔记 /064

二 琴的抒情诗

和父亲一起登泰山（组诗） /069

  那些微小的事物，在生命里 /069

  云海辞 /070

  茱萸之诗 /071

  一杯酒 /072

  用陈词换取世间美好的挂念 /073

泰山，是一块可以望尽大地的石头 /074
煮酒歌 /075
酒做的光阴 /076
悠然见南山 /078
种花谣 /080
木兰辞 /082
尘世书 /084
爱情这个词 /085
蜀道之诗 /087
十二年 /088
四月廿八 /089
临水·照花 /090
故乡之诗 /092
种云，种他乡 /093
对饮书 /094
昆曲——祭唐婉 /096
除夕夜 /097
内心的陡峭，烧起来便是星光 /099
一声接一声的钟鸣 /101
在我吹长笛的时候 /103
读《诗经》至结束，月光忽然暗了下来 /105
西塘辞韵（组诗） /107
　　青石 /107
　　秘密的修辞 /108
　　解忧之诗 /109
　　西塘辞韵 /110
　　子夜歌 /111

目　录

　　止于烟花　/112

月·乡　/114

以锦江为墨书写正气（组诗）　/116

　　从文明说起　/116

　　川流　/117

　　至诚为光　/118

　　诺言　/120

　　十年树木　/121

　　诚念之水　/123

云上的歌谣　/125

花间辞　/128

知者（组诗）　/130

　　回忆。年代。人间　/130

　　琴声里，万物都是时光的片牍　/131

　　心灵的微澜　/132

　　知性之书，或命运的纹理　/133

　　清晨，钟鸣唤醒了潮水　/135

　　知音，知行，知天下　/136

每个黄昏都有相同的路口　/138

在日出时　/142

三种倔强　/144

古诗词20首　/146

　　闲题　/146

　　七律·赴会途中心绪难平以自寄　/146

　　给母亲　/147

　　春次江南有记　/147

　　古镇游记　/147

游周庄古镇感怀 /148
春怨 /148
鸳鸯恨 /148
思人 /149
咏依米花 /149
新郑赞歌 /149
千古凉州 /150
蝶恋花·月下梦回炊烟袅 /150
踏莎行·梦痕 /150
沁园春·新中国七秩华诞 /151
水调歌头·弦上飞红雨 /151
清平乐 /151
念奴娇·昭君出塞 /152
满江红·新郑 /152
定风波·凉州 /152

三　盾的隐喻

残躯 /155
火 /157
坦白的事物（组诗） /159
　黑白镜 /159
　雨月花 /160
　辞根蓬 /161
　浮世殇 /161
　物我忘 /162
　天空在右 /163

大地在左 /163
时间的断行（组诗） /165
　　转瞬 /165
　　纸和曲线 /166
　　时间的纹理 /167
　　小思绪 /168
　　当海水向我涌来 /169
　　夜，断章 /171
　　费马定理 /172
　　又见炊烟 /173
关于某些飘忽又讳不可言的重负（组诗节选） /176
　　关于死亡 /176
　　关于不舍 /177
　　关于土地 /178
　　关于深邃 /179
　　关于子弹 /180
每个清晨都是神性的起点（组诗） /181
　　临水照花 /181
　　这时代中的我无比渺小 /182
　　起点 /184
　　潮水涌来的瞬间 /186
　　虽然生命的含义很难具体 /188
无题（组诗） /190
　　风吹来比喻的重力 /190
　　无声与余生 /191
　　雨落在大地上的时候 /192
　　两代人，其实也是两条鱼 /193

　　　　水泥管和我　/194

　　南境之诗（组诗）　/195

　　　　微距　/195

　　　　十四祭　/196

　　　　旧事新辞　/197

　　　　被动荡的时间海　/197

　　　　巡山　/198

　　　　雨的黎明　/199

　　　　岷江志略　/200

　　　　光阴图　/202

　　　　基因。序列。或寸土之轻　/202

　　　　南境之诗　/203

　　　　剩余的，驻留的，沉积的，风化的　/205

　　在象征的器皿中（组诗）　/207

　　　　如果我能作为一片叶子存在　/207

　　　　向内生长的树林　/209

　　　　一场雨的开始和结束　/211

　　　　刹那，或被永恒虚构的角色　/213

　　　　抵达内心的力量　/215

一 远游和返程

语言的彼岸（组诗）

每件平静的事物都不平静

我和父亲谈论过死亡
安逸的瓶子。兰花。天空上如丝线
一样被抽离的千万缕光明
仿佛巨大的鸟群
在纸上，在有硬度的声音里

从一滴浓墨开始，画出
复活的神兽
从一粒雪的种子蔓延到生命的意义
父亲和我。现在和过去。以及人们心里
隐藏的不同的自己
这些都是无形的，但是有重量

比它们更令人向往的描写
是一种昆虫，在泥土深处蛰伏十七年
才能表达颜色和翅膀
乡愁来自腹腔 骨骼的振动

而语言与夏天相知。关怀人类的句子
在身体里组成了镜面。棱角。灵魂的鸣叫

仿佛有一些碎片,正在流走
有一些记忆,正在停下来
从泥土中攫出某些曾经属于我
植物的根须——那时一片夜色落下
父亲曾用过的名字
比他的脸,更接近泥土隐喻的真理

谈起这个时代,每件平静的事物,都不平静
巨大的风车在转动
一场雨落在无声的世界中央
湿润的石头,像是有名字的亲人一样
抚慰落在泥土里,值得回忆的生活
我总是想把秘密还给人间
可一片云飘来,那些凝滞的词语,就散了

与光阴的夹角

在天上行走
鸟群把灯盏的敬畏写成春日来临
之前的火焰和两个异乡人
彼此凝视的目光——彼岸是梅花开放
一条纸船轻轻地碰触
另一条纸船上,未完成的词语

一 远游和返程

有个姑娘坐在那，露出小腿
她踢着像云彩一样的时光和我写给她
爱慕的句子。我们谈到过去也谈到
未来，蓝色的月亮
就像清澈的句子唤醒了许多年前的记忆
而一尾浅色的鱼在水底，唤醒善意的植物

生命的变化，往小里说是一团丝线
往大里说，是一个时代的重力
我坐在父亲坐过的河岸上
看着他看过的景物，几排柳树
一个浣衣的少女和莲花
再远一些，过去几十年如同星光流逝

我看着一棵小树长高的过程
描写另一棵树与它相伴，开花，结果
摆渡人从西边来
他默默说起时间之上
我们每个人终将成为陌生的航道中
历史的序列

宏大的辩论其实是非我之我
认可的缩影，不可逆转
也不能回头相见
父亲曾提起我的出生
他说我的母亲，说这座城市隐含的

尖锐气质,从不在任何词语之下

很多时候,光影是可以模仿的
是游戏——它把我的生命冲淡了许多
又把泥土的味道加重
但这不能减少理性的颜色
更不能告别内心的声音
而我在摆渡来时,在神秘的树影里徘徊不前

刹那蝉鸣

虽然只是刹那,虽然没有
爱情和勇气在夏季的词语中诞生
但刻意的摇动正在
酝酿一坛酒
像历史与血脉交错纠缠
拧成粗壮的绳子
万物都有悲悯,都能看透死亡
我和父亲坐在山坡上
铁和陶器在田野里
我们惧怕衰老,但隐忍。我们怀疑自己
但从鞋底的沟壑,取出温暖的句子
二十年,如一种亮度
也如我的生命
过去式的词语逐渐变成韧性
可以支撑一片树叶

成为挺立的比喻
用旧的器皿,在新的生活里仿佛
是一直向下的水滴石穿
凝聚蝉鸣,沉淀时间的力量,成为我
扯不断的自己

在无声的事物中央

蜻蜓点水。风吹着它的翅膀
好像上面每一条纹理都是活着的印记

那些容易腐败的事物
那些肉体,那些软弱的笔迹在宣纸上

蜿蜒的河流,只需要短暂的凝望
就能回到父亲的肩膀上

雨水落下。天空始终保持
固有的蓝色,仿佛在内心生出对死者的敬畏

活下去的人,想象一只麻雀被风吹来
荡漾着,落在巨大的树上

有些事无法拒绝
我们的影子像是方言,铺成铁轨

当我离开故乡，佛祖安于桃林
寂静的物体在血脉里涌动，形成了语言的河流

年轮之诗

铜鼎在铜的烙印里
用三个喻言
完成一种无须排列的音符。而火焰
燃烧着一个国王的演讲
他说醒来的一切都是盒子里
不能封印的欲望
就像猛兽和洪水在追求完美世界

生者在生死的契约上写下名字
我在时间的沙漏中盘旋
——去年春天和今夜
各自是这个宇宙里一个渺小的片段
快乐早于忧患，炊烟早于等待的马车
而温暖是逆行的人写给后世
继续活着的希望

把一枚漂泊在海上的星辰雕刻成
种子，首先要完整的年轮
深蓝色或是更深的思考，也需要更完整
非物质的影子验证
完整无止境的流水和灵魂

每个清晨,活在孤独里的人
都是变化的字迹

变化的是对死者的淡漠
鲤鱼和我相遇的河
停留着理性的根
而温暖是不变的偎依之心
像一场雨,像大理石
在熔岩里存在,还原绿色的叶脉
我和我的影子说到父亲时
低处的花朵与时光重叠,仍有低微之痛

语言的彼岸

生活的黑洞。里面没有具体的物质
但有具体的词语
记录一个普通人的沉默
我曾以为那是泥土
赋予每个离开故乡的灵魂,固有的特征
而时间赋予瓦罐和铁
难以描述的沧桑
时间赋予我不能低头的人间
正如一片树叶
赋予了泥土纯粹的血脉

天空赋予我因果循环,旋转

预言和塔在我心里回到具体的城市
或者说回到具体的中国
褪色的树叶，已经填满了历史
将来还要填满时间的碎片
从未有人进入未来，所以未来的叙事中
有一个人坐在我身旁
拨动心弦——月亮洁白的一面照亮我
生命洁白的一面，则照亮了石头上的苔藓

语言分彼岸，或灵魂发雏形
与量子力学有关
而我将要谈到的星空，不仅是星光
还包括流动的空间
引力波牵动着雁群来时，词语在黄昏中散落
和我隔着铁轨相望的母亲
正在画面里行走。在她身旁是属于她
不能被替代的景深

尘世落叶，却不会有声音
有名字的我和没有名字的我
都是宇宙的一部分
——人要留在人间，而植物要留在
像火一样需要点燃的思想里
雨需要留在夜晚
我想起多年前的河水
想起旧房子，在水管生锈的时候
流动的钟声撞在墙壁上，像是有魔力一样

来自泥土的语言,或巴蜀乡愁(组诗)

灯火里

第一夜,流水映出我的脸
而月光在深处
我看着它藏起人间
灯火里的人
用灵魂写下泸州的短句
茅草。种子。耕牛
孕育我的颜色,是图腾,是血脉
在乡音里铸成的
滚烫的河流

说到花开,河水便会停止
得到预示的人闭上眼睛,认真地
感受宇宙从
奇点衍生的我和我们
在事物表面停留
在纸上烙印的名字

我举起一朵桃花,就像举起
命运的叶脉
一匹马在山路上穿行
它比任何其他事物
更想踩在岁月的尘埃上

风吹来彩虹。麻雀
雨在我身体里搅动着另一个我
这时候故乡很低
我没有具体的名字,只有夜晚的图腾
饕餮的纹理。四角的天空
我把命运这个词藏起来
然后目送着一段记忆消失,又重现

江阳书

说起农耕,箭镞,犁耙
每一件普通的家事
背后都藏着深色的炊烟或焦虑
我和祖辈下棋,喝茶
清明之后的绿色
里面藏着略苦的人生杂事

崎岖的路,隐约有终点
起点是古蔺
不知名的山谷和我

我们被一座土坡
连起来。陶器的花纹,酒
都是用旧的天空

雨看起来有些暴躁
而一瓢清水
凝重成酒的音节
父亲说,我们的名字
是巴山的一部分
是泥土做成的
而泥土下面是骨头,沉淀的火焰

纯粹的宁静从天空落下

悠长的笛声
在炉火里,表达某种情怀的回归
我以为夕阳会借着灯火把思绪
和浮生联系起来
就像燕子飞入寻常百姓家
我的面孔,陌生而温和。苍耳爱上
爱情的时候
祖母点亮了灯光,我看着她
想起去年夏天,她摇着团扇的样子

浮生荡来荡去。浮光里尽是尘土
我的面孔承载着悲欢离合

我和祖父聊起故乡
太阳和乌鸟,在古址里,守着弦音袅娜的仙乐
越来越陌生的植物,隔江和我相望
我很害怕听到描写故乡的文字
害怕独自一个人
走在山路上,自己的脆弱,变成其他人的

美学时间

静物完成复活。静物里的我是悲伤
镜子站在虚构的时间里

巴山像一卷不曾衰败的图画
父亲坐在草垛上
他看着自己的影子从西向东缓慢地移动
他看着自己,从时间的另一面回到
身体里。他咬着草根
一棵古树好像也在咬着自己,也在面对
自己的影子或身旁的河水

一场雨洗涤着的传承
铜器上的纹饰名叫饕餮。它贪吃
它吃下所见的一切
但无法吃下民族的英灵
一个叫阿恒的少年入水与它搏杀
与它共同铸成盛世的藤蔓

父亲说阿恒戴着一顶鸟羽的头冠
坐在巨石上。身后是静坐在云端的宫殿
而我想到的是一件陶器上
爱情的部分——他是她生命的一部分
而她是蜀河安静的波光
她在他旁边读书
看着他就像看着水里的一条鱼
他在纸上写下她的名字,她就读出声来

万物生

立在唇边的手指
恰好被一朵桃花染红
风把天空吹得很蓝
在我面前,天空有时候
像被擦净的黑陶一样
神秘而温暖

滑落的乡愁系起黑发
山河各有秘密
我总以为,云是静态的
谷物是动态的。朴素的春天
比时间更浅
双向的生与死,是相忘,也是重逢

泥土的属性逐渐逝去
而那些金字旁
潦草的汉字,却奔赴新的生活场景
铿锵而宏伟的野草向上生长
桃花落下来,落在透明的酒杯里
有关神的描写从复杂的符号
变成了有含义的笔画

代替年轮的风吹来
内心的纯粹留下一片影子
我敬天地半壶酒
身体的一部分随着酒香变得
深邃。而火种赋予我的
一部分是凛冽的,另一部分是
汉字的灵魂

成都明月歌(组诗)

锦江在上

远离喧嚣。锦江与月光交界的地方
有一树海棠迎来了
属于它的诗句
蛰藏的内劲涌动在
朵朵蓓蕾深处
故乡的词语——茅草般笔直地生长,而金乌
在人烟中飞行

每一次降落都是它在寻找
此岸与彼岸的约定
就像钥匙和锁,彼此依存,注视
蜗居的巢穴目送它们
回归母体

我在杜甫草堂,在一棵树下
寂静的夜晚。树叶沙沙地响动
许多往事被记录成一首

颜色很浅的诗

生活以语言的明亮靠近我
以挚友的身份向我索取
灵魂的温柔
时间的对岸是古道
是生活里，令人着迷的等待
也是月亮藏起的大地道理

不死的成都

苍耳子。狼尾草。苜蓿或者
挂在枝头绿色的花椒
它们藏起了一部分思念
把顽强的印记摆放在
通往人间的路上
一个人走得越远就越
能够看清它们，站在山顶，分开江水
和岁月的眸子

思想中紫红的杜鹃，似乎在靠近
但没有声音
像一个少年拉紧了风筝的时候
也拉紧了岁月
历史架构的山峦像是
对光阴的追溯

在我写到它们的瞬间
每一种景物都是动态的
都在讲述锦官城沸腾的血
以及反复打磨的命运。倔强的荆棘

明月歌

用蝉翼磨成的句子
一朵莲花
在祖父眼中,看起来那么孱弱
万物在他的瞳孔里
从始至终都是面朝黄土
不能解脱的苦

祖父的脊背是硬质的
体内的血和骨
也是硬质的,可以描述成夜晚
照亮我的油灯
也可以描述成面对生死
无声的日落

时间如从容的旅客
在山间行走
我踩着前人的脚印
他们又踩着谁的脚印呢?
一片月光此刻

是寓意永生的上苍吗?

假如把所有的艰苦
都纳入身体
河水东去,尘世在缓缓的
波光中取得坚定
一座山就成了坚守者
必须具备的灵魂,成就生命的辽阔

芙蓉树下

以叙述者的角度谈论花开
有时 会蹚进不知虚实的裂痕
有时 会唤起不分轻重的肉身
叙述者代我唱起
古老的歌谣。又或在时间里
盘旋的那朵皱巴巴的太阳

泥土和它身后不知名的树
看起来都是柔软的
虽然我不相信上苍会保佑这尘世
但我却喜欢
"上苍"——这个词
那种膛舌撕裂又黏腻的
万物伊始

记忆里,月亮和我共享过一些秘密
也共享过人间的风景
就像芙蓉树和我共享过成都
它们在我熟悉的地名里
也在我陌生的地名里

一条鱼在水底
竖笛弹奏它的前世
不朽。不灭。浩瀚的风雨
除此之外
大千世界在身体里蔓生

成都的细节那么恢宏
我只记住一小段
白月在空中,我们在春熙路
谈论着适合小醉,也适合孤独的事

成都夜未央

可以想象。天空和羽毛
把我朴素的前半生写在纸上
就像成都把一幅山水
铺开在九寨
而幽幽青城是镇纸
我总想把鸟鸣声还给
孕育它的锦江。与历史一同奔流

灵魂是个很小的词语。比纸轻
比青铜的钟鼎更是
轻了太多——我终逃不过
一条河的名义
陪伴它的花朵仿佛在诉说旧事和
今生与它面对的星光,那些不朽的事物

纪念日。拈起一朵桃花
饮半盏米酒,这个过程仿佛可以
承诺忘记心底的疤痕
那年那月,不可相忘的家常
祖父看着白云微笑
白云看着麻雀,而麻雀看着我
成都是星光旋转成的宇宙,是海,也是
无字的石头

宁静致远

结成一树梨花。我的语言
已经很苍老了
没有青涩的心跳和
潋滟芳华的云霞
一波芙蓉花开,胜过春雨东来

祖父带着雁群回归

一　远游和返程

我用一杯苦荞茶
换来神话里的
长生界。莲花台
祈福他的身体
可他只是用手指蘸水
写下一个又一个枯败的名字

那是他对生活的纪念
也是我无法说出的
对乡土的悸动
山中，一个或行或坐的道人
饮下半壶酒，然后唱起歌

万千草木在那日
成为隐士
有一匹瘦马
驰骋在西风空洞的瞳仁里
寻找一座新生的祭坛
成都在遍野的银杏上写诗：
——流浪，枕江水，满山苍耳

碰触一场雨的突兀(组诗)

方圆,或其他可以唤醒我的规则

必须承认。过去很多年,我都没有认真地面对生活
那些可能形成规则的物体有时候在山顶
被整齐地摆放成圆形或方形的天空
我走过它们,穿过或远离它们。时间的秘密
像台阶一样被叠放在一旁
我喜欢它们呈现的整齐,也喜欢它们被忽略时
像我一样在旁边观察消失的昆虫
山上的那座房子,看上去孤零零的
有时候我会在外面坐一会儿,静静地思考
有时候我会渴望它们容纳我的思考。翅膀。季节性的语言
复足和羽毛相似,在闪动的过程中可以证明很多岑寂
现在又变得嘈杂的星星

无趣地活着,但不能只是活下来

越是微小的细节,越是影响着我的想法
生死书如同写在世界另一面
我只是看着自己的身体
就能想到其他虚幻的事物
那些有棱角的鱼,因为目光所及而变得更加锋利
好像它们的每一根刺都可以无限生长
最终刺破真实的命运,成为思维的一部分
但是死亡很快就到来了
它们将被蒸煮,调以佐料
我看着它们的身体在锅里划动。滚烫的油掀开
依旧在闪烁的鳞片

咳嗽药片,或坦诚的词语

过去我很难把一些压抑的情绪
表达成咳嗽(以后也很难),但现在我很容易
把自己置于一种和万物对立的境界
飞行的太阳烧烤着它们本身
应该也是在和一些难以表达的情绪对立
——樱花开的时候
我是说武大的樱花开的时候
以前这是个柔弱的句子。在很多人眼里不值得
耗费词语去描述,花瓣从成长到落下

需要经历的事
因为以前不会有人因为一声咳嗽
就露出恐惧的神态
所以无论多小的柔软,一旦他与死亡有关
就会引来严厉的问号和敏感的禁言

这些天,我开始明白这个世界了

看清一件事,和把它说出来,是不同的选择
语言中有两个我
在辨别这个时代的光
一个是现在的我,在夜晚写字的我
月亮照在我的脸上
把一件洁白的器皿放下
另一个我是沉默在过去的纪念中
却从未离开阴影的我
我听着水流或是血滴在地上
形成缓慢而有节奏的谎言
那种即使拧紧水龙头也无法避免的声音
需要睁大眼睛,才能看清楚
我和那个有相同面孔,但是说出不同事件的另一个我
其实已经真知对方

一　远游和返程

金属特征下的纤维论断

生活的丝线抓住了我的手脚。而灯光抓住了
我从假象中离开的意愿
很多时候那些虚假的词语
像强力的黏胶一样把我和这个世界
粘在一起。不是我不想自证清白，是生活不允许
一个清白的我挣脱它的束缚
——加缪的鸟在更大的笼子里
鸣叫它所看见的不公
但我只是笑了笑，和父亲说起小时候，一只麻雀在蛛网前
用力拍打着翅膀的场景

雨后，是石头的时间轴在读秒

转动的事物，仿佛永远不会停下
雨像沙尘一样落在我的身体上
生活也落在我的身体上
而我正在感受那些静止的物质
从它们蕴含的缓慢中
抽离出世界的硬度——生出恐惧的人
戴面罩的女孩和祭祀之间，不道德的底线
在那之前，流星和流星疾速地碰撞
似乎已经找到了用灵魂这个词来比喻的目的

可是除去掩盖,我再也想不到还有其他办法能够
让人得到喜悦的结局

爆裂之美

鼓手和鼓手谈论的音乐
有点白发人送黑发人的味道。他们眼里
所有能力的颜色都已经爆裂
他们眼里
所有的樱花都应该死去
他们说过武汉加油,他们也说过自己
应该站在悬崖上唱歌
——哦,我想到的竟然是金鱼姬
是生命之所以还是生命,需要的答案
宇宙需要开始,但也需要结束
因为熵的必然规律,一切都将走向沉寂的终点

小蘑菇。小苍耳。小麻雀

我刚刚有了活着的感觉,就要被打断
在一条河奔来的时候
在它呈现出一种猛烈姿态的时候
一对情侣在我身后
说起他们的父亲,说起泥土里
那些冷静之物,隐藏的建议

我读考古学的朋友,说任何价值
都是虚构。这话落在我身上,是新鲜的颜色
落在泥土上是新的一年
他说死人的眸子,总有语言里隐藏的美学

盛放种子的器皿。欢喜。秸秆

苍穹以我的生活为对照
分离出简单的词语。其中一些是名字
其他则是这些名字消失的过程
年轻的有颜色的物体
比如翅膀。花瓣。种子。煤
常常显露出精致但是喑哑的光泽
犹如道德这个词在时间流动中,表现出的喑哑
一个来自方舱的姑娘和母亲谈到死亡时
语气就像在说掉落的头发
那些必然出现的事物,在白日映照中
逐渐深邃起来,恰如星河的流动
在泥土深处遇到去年
魔术的光影。吹哨子的人。草长莺飞的情绪

雨果的天空

第一声钟鸣和最后一声钟鸣
都是对这个世界的宣读:无论开始还是结局

都充满了戏谑的意味
从巴黎涌起的火焰,现在已经被掩埋
愤怒的吼声更像是焦躁症患者
爆发的自嘲——可以用响彻人间
来形容贪婪和欲望
而真正的绝望写在脸上,像幕布后面
拿着刀的侏儒。他一次次地锯断自己的腿
他仿佛看不到血在流
也看不到头顶的灯光落在自己脸上
影子遮住的一小瓶药片

人类是对一个虚体连接其他虚体的描写

只有死者才能辨别真伪
而那些活着的人,不是走在死亡的路上
就一定在对自身解构的猜测中
树叶是虚构的树的一部分
眉毛是虚构的身体,需要用颜色
分辨的部分。语言是更多被虚构的音节
首尾相连的野兽——
他们认同物质的分裂和重组,也认同
非物质的信息。那些从骨头里生出的牙齿
有时候会紧紧咬住从天枢到天璇形成的指针
那看来是极寒的星辰
仿佛一只在窗台上晒着太阳的麻雀
它和我隔着茶色玻璃。玫瑰。从有到无的俗世

宛如清澈的灵魂

母亲。泥土。落叶以及穿越时间
抵达我,我的名字
就像从湖面上飞过的两只鸟
——两种不同的状态,崭新的和用旧的我
它们也代表离开的人和归来的人之间
微妙的联系:树枝和生活看上去都是虚构的
当月光落在瓷器里,相同的白
也罗列出相同的思考。背景。酒杯
那些有纹理的句子在讲述着舍得和不舍的区别
安静的生活细节
溶于墙上红色油漆的梅花

我的故事不是虚假的

不是被掩盖的庄稼——
只要轻轻碰触,指尖就能感受植物
在光照充足的时候
酝酿的内在
无论将要得到结果的人,是否在意过
它们的轻重。时间。一边倾注
情感的色彩斑斓
一边观察将要面对的磅礴的年轮

我和母亲谈过我们现在的生命
也谈到街道里，如同梦境的一场雨和旧歌词
母亲说她和故乡之间的联系是旧的房子
缓慢开始，用相似的小情绪结束，但是绝不雷同

想象的南

在南方。在文章里低微的草木
幸会一个女孩子
嘴唇上的光影。高贵的语言和呼吸
幸会有山影略过的石头
而我幸会留在我的影子上
逝去的黄昏和苜蓿
在田野里，藤菜的味道不需要想象也能
用毛茸茸的叶子唤醒神明和
浓郁的月光——雨水唤醒了游子
对故乡的渴望
我们经历过那么多温暖的事情
橡树叶在摇动着归途
而溪水沿着一排枫树行走
南十字星座在天顶转动，下沉的记忆，越来越明亮

燕麦，在白瓷碗里潜伏着

很久之前的思念，在语言里

一 远游和返程

在无法抵达的炉火中
形似碰触我的鸟鸣
我和我的世界,曾经是平行线
是两只野兽
在盘查各自的领土
想到星辰与命运交错盘旋的轨迹
我就低着头读了一段里尔克
写给自己的诗
宁静的夏天在我眼里
充满期待的噪音
一滴雨里的太阳在滚动着
说出去年或前年的生活
相似的宁静,只有在母亲闭上眼
说起农舍里的水缸时,才会有可能重叠

词语,也是生命的一部分

有时候我忍不住想起
母亲做针线,我坐在她旁边看着
白米粥的味道
像针一样插进我的回忆
风吹着柿子树上红透的果实
好像人生有了它们,就有了值得凝望的理由

母亲在我不经意的时候仔细
看着我的脸。而我也在她不知情的时候

那样看过她的脸
生活的气息在我们各自
低下头的时候,变得很浓
我在成都,在芙蓉和锦江的光阴里
而母亲一直在乡下——我写给她的信里,那些
很短的,描述思考的词语其实
是这个世界的一部分
没有任何人能够割裂它们,从我身上得到的火焰

我哭过,也笑过

母亲的面孔仿佛星空
照亮了那些长高的植物
而我是植物的脉络,在人间衍生成
微小的句子——语法越是简单
声音就越复杂,就越容易被轮回验证
被一棵高大的树当作伙伴
而成为斧子
成为在人间直立的石头

人间是一颗星星,把光明
投入我的诗里
而语言蕴藏的生命和田野里不能
否认的绿色,描写完整
生活的细节安静,温暖,最初的形态
是一条鱼。河水似乎在追逐它

但它于尘世中托起
我因为记忆而陈旧的落日。苍野。隐喻

南方

说到南方，那是一个能够唤醒
记忆深处流水的名字
她走在我身前，有时候回头，有时候好像
会陷入漫长的沉思
——她说向南的一切都是重逢，是活着
与必须活着，两个词之间，重叠的命运

一滴水的哀伤，在乡愁之上
就像我想起她的瞬间
仿佛在翻开一本书里明媚的烂柯经文
它和我喜欢的圆月亮，没有真正意义上的区别
我也喜欢方月亮
喜欢李白，喜欢他诗里不知在何处的关隘
喜欢敬亭山。相看两不厌

腹语者

借蝴蝶之口
说出一盏灯的秘密
向下的草，皆是我和我们
需要守护的秘密

有时候腹语者会用
神的名义讲述这个世界
他说我有不能舍弃的物品，在破碎
那种被堆得很高的
分不清是思绪，还是时间流速的波纹

万物都比不过描写它们
朴素的温度
即使是长久的爱情
也不如庄稼和乡音来得真切
当蜘蛛在我面前拉开帷幕
当一粒种子开始发芽
当月亮，开始改变潮汐
很多人都得到佛祖的约定
舍去芳华，守护桑田。植物。河流的方向

碰触一场雨的虚无

我的生活总是在面对一棵凝重的大树
走过去，是湖水和铁铸成的夜晚
走回来是一条木船上的春天
朝日犹如悬空的记忆

一场雨，落在土壤里的细节
如果深究，是图腾柱上，深邃的雕刻
是我将要完成的

一 远游和返程

作品集的第一页
这样写下的词语:
新的故事属于沧海,菱形的叶子
在我的生命里,复述道路,因为活着而生动

一辆行驶在山路上的汽车
像完整的经文,声音振动草籽和水面上
鱼鳞状的月亮——活着本身不是随意
出现的文字,是用命运的颜色
打开植物的大门
给予一切有关身体和土地的事物

永恒的过去
我的名字。假如可以醒来
却一直沉睡,保持在静谧的凝望里
假如万物都是一盏灯
得出必然的深意
我称之为梦的因果
时间便要追溯它们写下,每一个最初的自己

孔雀和月亮,都是时间的代词(组诗)

日夜经

天空之城回归冰川
身体回归白骨
日夜回归词语最初的温度
——白色的是蒲公英
飞过沧桑。透明翅膀拍打在
一个少女染上晚霞的发梢

她的脸像金子一样。她的眼睛
复制泥土的秘密
她带着一枚苍耳远行
在她的诗里,万物都是
鬼针子的倒钩
是的,有毒的思念
勾住了月亮,也勾住我追赶她的马蹄声

失去故乡的人也失去
姓氏,失去雨

河流在千里之外
蒺藜草匍匐在一口井的回忆里

日夜兼程的众神
复活。修罗在月亮上舞蹈
狼和桃花都是无辜的
俯瞰我的人是佛祖
铁器凝成风霜或人生。如是我闻
阿耨多罗三藐三菩提
孔雀在塔前死去，美好之名尽是虚妄

在白塔镇

看孔雀的人不止我。还有
妹妹和云彩
还有一个藏起了自己面孔的少女
湖水在天顶漂浮。犀牛山
浮现的光阴
比我能够描写的更加细致入微
好像所有的情感都能颠覆
画成一枚树叶
叶脉里的河流过身体。人间就变得
更加深刻了

我已经不再用辽阔这个词，因为
山上的野草在时间深处

仍旧是野草。但是鹿和孔雀
各有寓意
它们象征的事物
就像人世间的匆忙和
乡音里,淡淡的香烟味道

许多时候,悲苦比雨水淡然
圆弧形的河流
在纸上舒展筋脉或故乡
我总是静静看着
想象自己画着一条木船,荡漾在月光里
明确的波纹
安置山川的习俗。而孔雀的羽毛里
仿佛藏着一千只眼睛
——生活的每一个细节
每一个看似不起眼的动作,都被记录在册

佛灯

旧房子。已经生锈的墙角烙印莲花
我有一个叫佛灯的朋友
午夜讲到他和孔雀
月亮像一道弯钩
在生活的纸张上
游走,翻开一页
或是合起一页

都有不为人知的悲伤在消失

铃音出尘。读阿恕伽杀须摩及九十九皇子
至日出
月光不为人知的伤口
如果被揭开
尘世里所有辽阔的水域都可以弥补
撞击在大地的钟鸣

装满水的钵盂
振动着。启封一个少年的心灵
遁地。遁天。百日红褪去
今日恰巧荼蘼开花
不归尘土。听法者可去桥头
取下灯笼,观夜景和
一匹野马在梦中,奔赴北方的星团

孔雀与银河

路遇女贼。琴师过北仑山
经文里的渔火
比心火更加炽烈
唯有桃花和泉水可以代替银河
解读风雨里
但相思,不相忘的
一行白鹭

阿兰若寺。白纸上
书写"无字"
聂姑娘弹《广陵散》，夜夜欢歌
平生无事
我随意地翻阅诗书，静坐

日暮。日出。只是静
草叶已经醉倒。言语凌乱
无妄事又起
读孔雀明王心咒，点莲花灯，方正
如一场战争的残局

昨夜无眠。山左雷鸣交织
山右万花丛中溢出
一朵云彩炼成的小河
沉思独一无二
沉睡者说野茶味道清澈，像月光
照见不知名的船

断舍离

夜谈。油灯渐明
转角处的偶人，似乎有金铁之声
他们的心脏，早已停止
他们的年代却在

一　远游和返程

继续跳动，如同河底
写着古老名字的石头
在潮汐的牵引中，回溯命运

树林在月光里，像是精致的鸟
闪动着眸子
举杯，茶水里放置星空
眼睛是银河的反光
帝国的纪念碑在纸上碰撞

我的羽毛。三杯露水。三夜箫声
三颗棋子落在
一座桥的凝望中
满山的菊花
像子游在一颗果子里醒来

佛祖北归时，佛珠里的国度沉在
寂静之地
我在一棵桂树下独坐
野狐趁夜来访
她说：落日在西，车辙向左
夫子道其南

时间的波纹

惊声。山涧。破解疑惑

树立一座灯楼
外物的姿态在这里
熬成轻盈的歌谣
内心像鸟一样飞翔

宇宙的纹理。苔藓。歌德与洋甘菊
像钟摆那样撼动
时间和羽毛
孔雀摆正姿势
突围棋盘上落子的囹圄
大地归零，实是要避开苍茫

人间无城。野草无殇
不可以此证明
时间的衰微。不可以理论之轻
凉薄性情的热度
书生连夜奔赴京城。合欢花
连夜盛开
很快就在城外，垒起了浮生。三亩桃林

祭

这岁月呛出的碧血
是谁寥落成唐人诗句
沿线装的宋元明清
攀三千丈白发而舞
　　宫苑崩陷 锈蚀的词阙裏挟
　　　六朝的血腥气
星月空蒙
　　横亘几许 旷古的醉意
拍遍梦之危栏
漫起吴歌
隐隐三更渔儿
　　载不动古猿三声凄绝
却独秀千仞石壁
　　　羡煞巫山神女

神女咯血 御驾铜蚀的四轮战车
把一层层光圈
剥落于西部高原
兵马俑在操练
秦时的明月磨蹭着长城的雉垛

阴险地映着
两万名宫女
　　　哭瘦了黄河
火光依稀
　　　涛声依旧
　　　　　楚歌残留
一匹乌骓马
拴在《史记》
　　　泛黄的逗点上
巨型古剑铮铮之余韵
揉捏成红高粱和玉米田里的
　　　半阕秦腔

站起来,才是一生

镜子里的人看着我
脸上似乎有嘲弄
但他不是我
他不会明白我对发声的决心
那些曾经伤害我的人
现在是纸上剪的小人,正在被燃烧

是的,我不是一个能够
随意原谅伤害的人
我相信我的影子和影子里的人间
也不会随意
把不公正的句子写成海阔天高

数字化的过去,在记忆里可能
不会太深刻
但我需要复原某些被舍弃
被忘记的声音——那些孤独的声音
有时候会成为潮水
洗刷内心的羞耻。它们需要勇气而不是和解
不是花开的虚伪或爱情

这可能是几个月以来
我最果断的一次
我站在一个名字面前说出我的困惑
他已经被埋在和他相似的名字中
他的妻儿,他的语言和恐惧
都一同埋在里面
甚至我不能再说他放弃的理由

是的,此刻我要转身
打开那扇门
就像很多年前
我喜欢的那本书里
动物的狂欢。瘦宇宙。盒子里的灵魂
现在连那本书,都是禁言的
我要把整个宇宙的人类
放在天平上,假如他们还想听一听我的声音

雨下了两天两夜

路面上飘着
各种各样的有故事的器皿。车辆
关闭的大门里传来敲击声
仿佛有人在自己的深渊里跋涉
我无法顾及他们了
我看着被淹没的江堤。广场。树木
有一群奇怪的野兽在心里奔跑
它们其实不会发出声音。它们散落在
我能看到污浊和看不到的昏暗里

这座城市的人民,是最能安抚自己的人民
夜光照亮的水流里溢出
他们的谈话,对生活的恐惧
他们彼此安慰,他们在疾病中也是
这样做的:幻想的马群在奇诡的幻象里
奔跑,仿佛天地都是牧场
仿佛世人都爱流浪
他们驱赶着河水,然后是太阳
然后是麻雀。蝼蚁。蛇

内心的词语,有时候有毒,有时候需要
生死之外的约定来弥补
和一场雨关联的描写都是脆弱的
需要被救赎的事物,看上去
也需要被忘记
我是说每一件在雨里泡涨的事物
最终都是时间留下的悖论
色调鲜艳或单一,并不是评价命运的理由
孤独的人,或与孤独有关的人
要在他们的孤独里,经历漫长的等待

我常以为那些词语和死亡无关
化妆盒。背包。眉笔
但现在证明,我可能错了
塑胶手套经历过的战争
从镜子里看去,都不完整,至少缺少我和
因我而悲伤的细节
小小的宇宙,需要官腔,也需要怀念
需要被认同或被打磨成奉献精神
需要被偷走,需要更多的人回到他们本身
就像现在,我坐在一家书店的台阶上
加缪的诗把隐藏的恐惧,读出声音
我从镜面中解放出来。而命运是四周的声音
剥离出来的,一片树叶落在水面荡起波纹

有一双眼睛看着我

我习惯了开着窗。停止的钟声和摇动在
街道里的人间
已经不再进入我的身体
那些浮于生活的词语就像窗外的事情一样
充满了潜移默化的高尚
但那不是真诚的高尚,而是命令
是一种特殊时期才有的呻吟

有时候,我很愿意卸下防备并欢迎
呻吟的人走近我
他可以很容易就进入我
甚至成为我的语言
如昆虫飞舞。如窗口
模式化的叫卖声和汽车驶过,规律性的震动

有一双眼睛看着我。这使我想要
成为看似与我无关的人
我想要成为他们生活的角落
倾听他们,但不影响他们
对着太阳奔跑的决心

我遇到那个孩子。树影。贫穷
但不是苦难
她就站在窗前对我笑
她用一双柔软的手抚摸我的脸
她的母亲在旧屋里
或许那不是一间屋子,只是有墙壁罢了

生命的气息穿梭在里面
淹没浮生。嘈杂的画面和天花板
我想起她说过她的病。死亡。未来
雨——

她幼小却已经学会了独自活下去
熟悉或陌生的面孔正在
融合成,把她归类
贴上标签的树叶。她的存在更像一种形式
而非生命:我睁开眼睛,看着路过的人
他们也一样,是各自的标签
是在这人世,活动的,有效,或无效的标靶

在一张纸上勾勒出我的记忆

时间。钟摆。雨水。野草
我和思考里的我,隔着一具身体
我的影子有时候也是他的影子
轮回在我们两侧
像是有生命的物体
彩色的迷宫。潘神在纸背拨动这座人间
惯有的思维和图像
汽车喇叭撞击我的眼神
神秘的街道。一个女人的影子
我想过很多办法为它们添色
可是最终,我得到的,是不稳定的生活的词语

记忆在街道的灯光中流动
我好像能看清生活
本来无趣的一面,却被晃动的自己
在一次次怀疑的态度里
碰撞着返回很多年前
小房间像是,有许多暗格的盒子
投奔我的小兽声音都很轻,没有形状
自然也没有悲伤——我在他们中间,无法避开

沉闷的错觉和被舍弃的惶恐

我的身体里好像有一面鼓
正在被敲响。我好像在被一扇门里的灯光
又或门里的声音吸引着
我很容易就想到了那些有象征的生活
女人。水滴。欲望。檀香木和
属性复杂的铁丝。它们不能控制自身的节奏
我也不能改变那些引起不适的观感
跳舞的人在浓重的喘息声里弯曲
我说过，她的眼睛盯着天空
她的心跳声像海浪一样拍打着我，就像快要陷落的太阳

命题 A，恰好是 B 的伪证

写给父亲的信里提到，闪烁的面孔，房间和静物的区别
我也不明白我将要遇到的人
为什么会让我心生警惕。水流在春日的棱角盘旋
我必须承认，之前所有的感受都是荒谬的
而这几年的生活充满了不可思议的盲点

体内的河流，其实正在孕育完整的时间。蝴蝶。沧桑
可以与人生共存的词语，总是会令我想到
容纳我的房子。乡村。候鸟
但当一切奇遇都被烙上失忆症候群
我就要重新审视我的影子。身后的人，应该也在
辨别属于他们的影子

我仔细想过，我和影子，我和树
我和那些人之间的区别
就像两片树叶落下的瞬间，两个不同的世界在幻灭
时间与时间也是不同的幻灭
已知的万物，有时模糊，有时悲伤
有时像一首歌谣在水面荡漾，像木船，更像金属质地的
讯息

不为人知的变革,像风筝一样飞起来
——当我想到变革这个词的时候
忽然意识到,我所描写的一切,都是虚假的
爱情和死亡。鸟和湖水。门外的世界,皆是虚无
一片树叶落地的刹那,我才回到真实的景物里
这生活的灯光

几次醒来。梦境里的挣扎,如同向内敞开的门
死亡和沉默都随遇而安,而非必然
如果我没有经历过那些欺骗
可能仍旧会以命运托词某些失败,但命运
现在看来更像是某种阴谋的托词
树叶的纹理中,被忽略的,荒唐而执拗的瞬间
骑马的人熨烫马掌,风吹来石头和鱼

站在船头的少年把宇宙颠倒过来

街道里卖香烟和雪糕的人,是我少年时代
颜色最深的画面
那时我常常会去看一个老人
他倚着生锈的自行车,一边抽烟
一边晒太阳,他和我絮絮叨叨
说起早些年的上海。他从母亲那里
听来的上海。一条轮船上
干净的,喷着香水的卫生间
穿着旗袍的妇人在镜子前化妆

——他对上海和轮船,所知的,最感性的细节
大概就是这样
虚名从年代论中,如雨降临
读书越是多,乡愁越是深刻在时间上
不能质疑生活的细节
我从没去过上海,因此也只能猜测
穷人们躺在下层的通铺上
谈论顶层的米面之精细
装货的麻袋像铜钱那样挤在一起

那时候上海像一个梦,在歌谣里
飘忽着柔软的季节
我的思考,把纸上的笔墨
凝固成一扇窗。海潮汹涌而来
我想到一个站在船舷的少年
他把宇宙颠倒过来,就像把一盏灯放置在
朴素的房间:叙事的透明中往往寄寓这个时代
而我觉得自己更像一条鱼
在光阴里游动
反复但是孤单,用形似庸常的句子写下生活的沉重

沉思录（组诗）

风吹来遥远的海腥味

再深一些。切口。一片枯叶落下
瞬间的停顿像是钟摆
把人生还给了
耷拉着头的野茇茇草和
溺水的人
而信仰本质上是寒冷的

沉默。拒绝风，拒绝岩石和雨水
也拒绝回归庸常
嚼烂的舌根。秘语。盐渍
一滴水珠在盘旋，风吹来积雨云
柔软的慈悲
在无人之静中，是最残忍的

我沉醉于苏醒
但酒精将放逐内心的伤痕
我要谈到的生活和庸常里

不容置疑的修辞顺序
其实需要半敛眼睑，才能通感
它的真实——某种腥涩的错觉
并非
以梦的描写得以重复
而是要以海水拍打岸岩的频率，替代
某些窒溺的麻木和恐惧

岸的两面，时间和不平行的我

唯一能够唤醒自己的声音
是重物落下
身体里钟表的嘀嗒声
它比时间更沉重
而老街里的面孔随时可能成为
我的枷锁——血红的铁链从天空垂下
从稻草，到父亲，到我
自始至终，我们都是遗忘故乡的人

有时候，我冷眼看着岸对面的我
走在靠近一座泥房子
坟冢环绕的荒野里
已经很少有人知道
我的名字里那处死去的远方

——距离有时候也在暗指时间

内心的空旷和虚无
站在河对面的那个人,他和我一样
看着彼此理智、失眠和衰老

他的名字中,没有故土
但有一面萤火虫点燃的麦垛星河
祖父重病的时候
反胃医院里消毒水的味道
他希望遁去,回到他的村庄
而不是由陌生面孔堆积的
钢筋的街道
他蹒跚在我前面,看起来特别孤独

铜像前的太阳

我和父亲都不胜酒力
三两盏就会迷糊
但我们从来没在彼此的梦里遇见过
——我们也很少懂得对方心里
卑微的另一个自己
只是我们知道,怯弱是与生俱来的
不会因为迷茫或困顿
或者微醺了,就消失不见

饮酒以后,他才是个真实的父亲
而不是那个严肃的

白头发老头儿
我们说到一座广场上
黑漆漆的铜像。我们说到我在铜像下面
以为自己走丢这件事情
就都笑起来

后来铜像被拖走，扔在一片
没什么人的空地上
我去过那，四周都是枯藤
——我和父亲说，没有名字的人
结局其实都是一样的
如果没有生于草莽，便要做草莽英雄

时间的刺

小小的冷峻。海。黄金
山上架起的太阳
如同古代的炮台
孤独地凝视着自己

我在已经被遗忘的峭壁上
大声吼了一嗓子
可是声音比想象中要低很多
原来我已经不敢大声地喊出自己了
我只是看着海浪偶尔
撞在身边的石头上

一　远游和返程

想象自己仍有勇气面对，和死亡
有关的句子

十年前，我的喉咙是清澈的
我也不这么胆怯
我就像天空在水面，烙下的鱼鳞状
刺痛的句子
跳进没有杂音的河里

其他人都在模仿我
把身体融化进
一颗种子。头顶空旷的蓝色
让生命少了一些污渍
但多出一些重量
我知道那是因为一如既往的等待
正在回望着野兽和死者

灰。蒙在生命上的油彩和暗示

繁复的油彩，是整个人间
都在刻画的极端事物
我说不清什么时候便会从里面取出
旧的声音——后来我坐在河水里
等水波漫过我
新的声音进入我的血液
是的，时间在进入我期待的目光

风吹过来,我就再次变得
悲伤。疑惑。我去打猎的时候
园林中已经没有游客了
到处都是碎石,到处都是被风吹过
留下的,粗粝的伤痕

我在梦里。我试着在水里
站了一会儿
那个地方仍旧清澈
仍旧是多年前的微凉
潮水向岸上涌来
先是缠绕在我的脚踝,然后是膝头
然后是我的整个下半身和一片树林的影子

雨站。或沉思者笔记

进站的车厢,卸下煤和寒冷
它只要很小的火光
就能点燃所有的太阳
我想到一片树叶,旧的树叶和鸟

奇怪的脉络,似乎在表达生活
微光从山顶落下
落在水面被太阳照亮的
叶脉的一部分

一　远游和返程

每个城市应该都有这样一座
下雨的车站
它离市中心不远
但很少进入人们的视野

可是通常，即使它进入人们的视野
也会被选择性无视
人们会选择既定的生活轨迹
一路走下去

无关紧要的火车站总会
被时间淘汰，被忘记，被磨平
生命里这样的车站
或许有很多，就像铁轨穿过的生活

奇怪的叶脉。绿皮车。太阳
我再次说到这些
从停下的黑漆漆的运煤车
闪闪发亮，又苦涩又坚硬的煤
说到召唤我的河流

二　琴的抒情诗

和父亲一起登泰山(组诗)

那些微小的事物,在生命里

星光依旧明亮
我和父亲说起许多年前的疑惑,但只说了
我以为他早就忘记的那些事
父亲没有回答我——他的沉默像是在
时间的棋盘上斟酌怎样落子
计算得失,赞美,惶恐
源头犹如溪水,顺着石头的缝隙
从山顶流向山脚:那些被流水声洗过的植物
有种难以形容的清澈
那些石头,那些微小的事物
在各自的生命里,一次次仰望星空
它们是真诚的
而父亲的白发和他眼角
浓密的皱纹,远远超越了这种真诚
父亲说起上山的路,他说每个人的一生
都被某种苦涩的草味记载着
如果你忽略了它

就无法真正体会日出的绚丽
也很难理解命运、日落和孤独

云海辞

第一次呼吸。第一次
在云层这样的叠词里感受血液流动
认知生命的轻
我与父亲并排站着,就像一株植物
与另一株植物并列在复杂的基因序列中

相似的叶脉在共振
相似的记忆在唤醒时间。父亲的年代总是
需要用一种强烈的声调来描写
而我的年代,需要用更加温柔的雨
洗净心灵的忐忑

——似乎还有些事情什么被忽略了
我很难说清被翻滚的云浪
拍打身体时
内心的自己。另一个我在时间的碎片里
反观万物。人生如铁,用沧桑的色调写下姓名

来去。太阳是明亮的,妩媚的
拨开光阴的漩涡
展现灵魂。于是我和父亲站得更近了

二　琴的抒情诗

这种近，不光是身体的距离
还包括我们，同时想到了故乡和一座桥的联系

茱萸之诗

站得高一些，就会看得更远
乡村的样子就更亲切
云海里可以幻想的每一件事都属于我

有时我会觉得稗草，野燕麦，苍耳
也在呐喊属于它们的一生
相比起来，父亲和我，更像飘来飘去的蒲公英

挑夫说他刚刚在地里干活
把泥土归零
把秸秆和混合着秋天味道的黄昏，打成捆

一场雨足以证明，这世界的大多数事物
活过的样子
——白山黑水在他身后蜿蜒着

每个人都在寻找归宿——
我这样理解父亲曾经说过的话，每个人
都在寻找归宿的路途中，等待着

命运会不断靠近身体，腐蚀它

而解读命运的词语
则是告诫自己：远离那些诱惑的人，远离崖壁

我描写的山路，陌生且值得敬畏
但父亲觉得，我不应该用悬崖来比喻即将到来
又不能拒绝的事物

所以他给我列举了瀑布和溪流的区别
他说，我们需要多走一些地方
把象征主义的茱萸，插遍高高低低的山坡

一杯酒

陪父亲喝酒，我喝茶
但我总是很快就醉了
我听不到雷声
也听不到海潮涌来，在身体里撞击的词语
但我听得见就经历过的
每一件悲伤的事
它们像藤蔓植物在寂静的角落里疯长
它们体内有我的名字

有人在信里说：这个世界为什么……
然后就不再继续说了
这令我难过得沉默了很久
我考虑过，是否要用陌生的名字，替代自己

就像古时候,游子归来
要净身,焚香,用扫下的泥土替代自己
我想象这样一对父子,相聚在山顶,捧起酒来

用陈词换取世间美好的挂念

此去经年
应无恙。应无悔。应无惧

我敬父亲,纸上的千军万马
我敬给他完整的春天,踏着河水的声音
父亲说他有一年和我面对面坐着
看着我不说话,也不喝酒
就觉得特别难过
他说他的一生,其实是建立在我的一生之上

我的疲惫,也是他的疲惫
他说他生怕自己老得太快了,没有看懂我
就失去了我

我给父亲倒了一杯酒
我说我们喝醉酒
才可以无忧无虑地下山
才可以告诉别人,歇脚的石头圆润如明月

泰山,是一块可以望尽大地的石头

父亲在我旁边站着
我们没有说话,但是好像已经说了很多
有关过去和未来的理解
就像一棵树上不同的树叶
——没有人能够迈进同一条河流
即使我们源自相同的血脉,被相似的光阴
拧紧,内部的纹理依旧不同
我们谈过生活,婚姻。脚下的云海和日出都很轻
但父亲的白发是有重量的
他说,他曾经以为自己看过很多风景
走到了河流的源头
可是人生从来没有止境
哪怕是一条普通的河,也会在流动的过程中呈现
生命的本质:那是面对生活的勇气
而非生活本身
泰山是一块可以望尽大地的石头
只要我们站在这里,人间就是我们的一部分

煮酒歌

尘世微醉,万物低语
更低处是祖辈
是一只麻雀的命运
我用它的羽毛叠成梯田,流水
人间仿佛更低了
那些能够描写命运的事物,在泥土中醒来

绿色的生命,拱卫着天空
酒和酒交错成彩虹
燕归来。鎏金的短句回环于文字
一场雨叠起另一场雨
田园风格的桂树,近年惹尘埃
我想起夫子在一棵树下,凝视着他的鲁国
子路说:西风仍未老,怎能还乡

子路和雨中的静物,何其相似
我与一只麻雀何其相似
谷物凝聚的乡音不过是桑林未晚
啄食生活的轻言
或与故人对饮
或如光阴投下信义的影子。城南旧事

酒做的光阴

被尘封。被酿造。被发酵
米在酒里唱着人间
星光在酒里唱着生活
每一座桥,都压着光阴,窖藏寂寞

是李白舍了千金裘,独唱盛唐吗?
是苏轼在慨叹高处不胜寒吗?
我是否也可邀来明月
斩去半山桃花,与夫子同行,一十二年

团月醉成一弯新镰,不知浮生
是否仍有第二泉?
星辰醉成了满田的稻芒
我在湖畔,孤影成刀,空山鸟鸣疾

黄金罍,白玉杯……请息交以绝游
从粘腻的半首永明体中
抽三五个韵罢!

微醺。微雨。鸟徘徊

二　琴的抒情诗

自半温的酒盏
赊尽山水入眼来
听古来的笙歌,且舞。万事如霜
皎白月色,一场梦
独酌不还乡。

悠然见南山

杯中的火焰，摇一摇，就成了终南山
永不凋落的雪菊
种花人守护着一轮明月
清癯而立
肃寂守护着他的疆土
仿佛越调诗词
守护着初唐风骨。白马西归

一个人的江山，何等辽阔
一个人的词语，何等安静，肃杀
从平仄中隆起高山
从降调的音符里
摊开万里云。琥珀色的燕麦。乡愁
在蛛网里循环

我写到李白乘舟将欲行
写到桃花潭水。与我共饮的人，持拜帖
求见春风——滔滔不绝的春风正在
吹拂着一只燕子，酒里的雨
清淡而浓烈的句子

二 琴的抒情诗

正要翻开四月的雷声和末一缕光阴

何妨提月温壶
红泥煮新醅,啸唐多令?
悠然的南山寂寂
种花人捎来的菊花酒
有清风,山鸟和明月
还有冬至后泛着余温的,第一首七绝

种花谣

种花如种月,种情种江山
故乡的河止于思念
他乡止于技艺
我踏上一座石板桥,踏过它
象征的此生
石头的美压住了波光
一首歌谣,从对岸的酒肆里飘出
听起来很轻,却像是说不尽,烟雨尘埃

胭脂红。桃花肥。发如雪
旧乡愁生生酿出新的一年,春色三分
一两黄昏
新的乡愁苦尽甘来
像是一壶白茶
除去人生中微涩的回忆
只留唇齿间,来自泥土的咸,野花的香

一首歌便是一座王朝
她在铺开画板
把身体里藏着的火种,交给金色的油彩

二　琴的抒情诗

他在那些黄花中，读出母语，乡音
她说一夜春风，群山呼应
他拢起她的头发，锄地，吹笛
此刻千金散尽，唯有光阴可期待
她说：但愿秋日，结籽离离，不负种花郎

木兰辞

我坐在一列火车上
看着一望无际的油菜花田,想起冷湖
想起德令哈
想起爱尔兰雪
当然也想起了你
我们谈过古老的诗歌,家国情怀
谈过远方麦地上空明灭的神国
也谈过木兰诗——那个纵马过天山的女子
命运中柔软的部分应该属于你
就像一碗滚烫的豚骨面
抑或一杯清水,内含的人间应该属于你

而我应该属于列车和铁轨,与你相望
这种时代与时间碰撞的声音
应该属于我们:太阳可以更明亮,石头可以更冷
但生活需要抵达的勇气
我在光阴的这一端,你在那一端。我们有理由
为了内心的清澈,选择离别和相遇
但没有理由放弃沉默
沉默亦是孤独,是忍不住流泪时

二 琴的抒情诗

在语言中奔跑的野牛,河流,以及你额间的梅花
——许是一只花鹿吻过的痕迹罢

尘世书

我爱这尘世的万物,也爱它们
不羁的灵魂
我爱春光流年,爱桃林白鹤,也爱风物的你
我说起你,就像说起昨夜听过的风笛
有一只海鸥追随木筏远行
你和我谈论月光
煮石。焚香。属于我们的1998,像一个谜
在风声里藏起摩斯密码
在橡树下堆积落叶:温柔的词语抚摸麻雀和乡音

爱上你,是件多么温暖的事啊
我们年轻的身体
荡漾在年迈的时间里,沿着河水漂流。从你的
故乡,到我的
故乡
我愿意做一枚普通的苍耳,被你不经意间带走
尘世的路途,就像在纸上画下陡峭的山峰
而我们内心的陡峭,常常源自对某种文化的认同
有棱角的词语,可能是祖先的姓氏
也可能是一块铁,被反复打磨,最后成就锋利

爱情这个词

去年我们站在这里
看着河水流淌,蒲公英摇摇晃晃,再无音信
我们在这里说起生活的细节
必须承担的远方。水杉笔直地向上生长
是的,今年我们也是这样
默默地站在河边,我们能够说出的每个字
都像河水流动:伤感与生俱来
你看那群白鹭飞来飞去,像极了我们,相遇又别离

我看着你的时候,河水正奔向云端
可是故乡,父亲,你,以及生命中值得追溯的事
始终在低处徘徊
对我们来说,这种低更像是在固守本心
从敬畏土地的灵魂中攫取
果实。思念。凝望。每一粒种子都会长成大树
每一个夜晚都会成为帕瓦罗蒂,咏叹的《图兰朵》
毕竟这是一个灵魂,交换另一个,灵魂
我们无须入睡,又,何妨回忆?
因为爱情这个词

本就是呵,一种说不清,道不明又理还乱的思绪。

蜀道之诗

河流入海。我的声音在蜀山蜿蜒
挺立的植物像是知道我在思考这个世界
每一件澎湃的事物
都可以用历史
我们姑且这样唤作的词语
解释
抑或用河流的力量
洗净岁月：首先是蜀道上，茅草
指向穹顶的星光，双子座升起的时候
我尝试着写出自己，但不是那个人们认知中的我
而是真实的我
是生活在一座小城里，睁着眼睛做白日梦的我
我想象着老秦人在蜀道行军
想象着三国赤壁。周郎羽扇纶巾
我想象着大宋的烽火，一匹白马在硝烟里
带回故国的消息——
剑门关，剑门关，我念着它的名字
就想念着一封写给自己的尺素
生活再也无须逃避，我只要看着李白写《将进酒》
陆游叹红酥手

十二年

沸腾的是泉水。沉默的是石头
我想起母亲的时候
就会认真看一看那些沉默的石头。它们
似乎在用满身的棱角告诉
每一个在他乡的游子,无声胜有声
这不仅仅是在比喻时间与道德——
无声这个词也是在讲述思念
一首歌写在纸上,不需要演唱
字里行间隐藏的情绪
悄然渗出,像一场雨打湿庭院中,盘错的藤蔓

四月廿八

生命有时那么狭窄,无法容纳我的过去
十二年,两个名字,一场秋雨
风吹来一片树叶,落在我的影子里
故乡和他乡的区别,在于我想起母亲,想起
一棵普通的榆树
是否会有鸟鸣撞进心湖
激起一圈温暖的波光
秋阳漫过身体,而泉水把石头打磨得光滑如新
尘世的平静
如一场雪在可期待的北方跳舞

临水·照花

生活总是要低一点,更低一点
在纸上变成浓重的字迹
山水之间,浮生若梦
父亲说他是到了知命之年才懂得用群山
环抱的绿色来比喻内心,值得期盼的事物
而我渴望一片明媚的光晕
水波荡漾。茅草树立。狼尾草和红蓼花沿着
弯弯的月亮游动
泉水与芦苇上的蜻蜓盘旋着
缠绕着。时光在我体内苏醒,变幻着模样

它过去是火焰
现在它仍藏着火的热烈
而我该用怎样的词语来形容生命中
纯粹的事物呢?是一条河托起属于它的木船?
还是经由此生向南的万物
必须在雁群的目光中,稀释一场梦境?
我想了很久,装作一切都是未知的
但人间早已给了我答案
那些蹚水而过的人们,那些跋涉在泥泞中

二　琴的抒情诗

不曾怯懦的鱼群
其实早已证明了灵魂的意义
不在于生活，而是阅尽沧桑仍旧保持的清白

故乡之诗

看遍了那些凝练古意的书写
一座山的名字越是简单,人间就越是凝重

安静的人像一片云
飘来,离去。天空用尽全部的细节唱歌

故乡比故人远一些
故土比故旧的文字又多出几分慵懒的寂静

在母亲身旁,在某个路口
我想象笨拙的小兽和花朵沿着某条小路归来

只要一直走,就能抵达岁月的起点
攫取植物叶脉里隐匿的光。纤细而顽强的命运

像半口古井一样无言
故乡的诗读着读着,就
割去了我半条舌头和,三面翅膀

种云,种他乡

从不会轻易折断
——用古老的诗词换一杯酒
用彩虹,小桥,替代尘世的喧嚣。白羽更轻
银色的月光更容易读懂
一枚在灵魂中盘桓的词语
燃烧的尽可燃烧,沉淀的更需沉淀
雨水。花田。书坊。春日之野尽皆成为
去年明月留下的水印
我读出它们内在的时间,而生死越来越平静
仿佛在泥土里沉默的种子
而等待是件漫长的事
需要俯下身,触摸泥土,需要感知万物的本心
它们也被风抚摸着
被经年不绝的修辞抚摸着
有一种坚韧在体内成长
好像我本身就是岁月里
一阕斑斓的花开

对饮书

那片银杏林,似乎被画成海洋
而我心之所向的田野
被画成江南江北
画外的炊烟。烟柳弯弯,湖水殇殇
我和父亲坐在园中
一只葫芦吊在藤蔓上
我们喝了半壶酒
我有些醉了,晃动着千万里外的白云

不惊艳仙山,也不在意
那个云中的少年
我曾和他说起
父亲的白发。我们拼酒,吟诗,对弈
绿苔隐语生命的卑微
而父亲的前半生,只有大地能够承担
我在父亲面前
无论何时,都是一个孩子

他喝一碗酒,他说白云如歌
他再喝一碗酒

二　琴的抒情诗

他说父子齐心
便能斩尽世间的流水
他爱的田垄纵横交错
一把尺子与另一把尺子
构成了园中深井
衡量写过的字，潮水，人间的脚印，一场梦
河水正流向远方。杯中酒苍，倒影苍梧

昆曲——祭唐婉

月亮垂下云鬟
流水无语潺潺
旦角儿正唱起:"难,难,难……"

薄情人打着拍子,漠问残泪的红笺
有什么值得为难的

月亮垂下云鬟
我想这可能和我
依靠栏杆的位置有关

月亮垂下云鬟
这和苍茫寒角
在老城里呜咽的时辰有关

丑角儿说,月亮是桩悬案
生角唱着:"罗帏黯淡啊……庭深月阑……"

月亮依旧垂下云鬟
旦角儿也打起了拍子
昆曲正唱到:"瞒,瞒,瞒!"

除夕夜

外婆要我在她身旁坐下。
晕在树上的星光也晕在她的脸上。
那样清澈的隔阂,
似乎分离出岁月里我们漂泊的见解。

沿着河流偏转,沿着钟摆左右摇动,
但从未改变内心的选择。
对某段历史的认同,
像水滴一样穿过石头和乡音。
外婆低着头,
在果盘正中插下一束蜡梅。

时间似乎在注视我们。
细微的事物从身体里流出。
祖母说,行其正,方得正道。
外婆说每一轮太阳,
都要站在山坡上。

光明以外的字句,在我们身体里,
其实是浓稠的思虑。

外婆说凡事必须经磨砺,有敬畏之心,
才能回答生活的问句。
她也说到我的命。神鬼。节气。
她似乎还有很多话想说,
但是新年的钟声打断了她。
她想了想说,
过年了,煮汤圆吧。

内心的陡峭，烧起来便是星光

思想上。父亲站得比我
更靠近祠堂
他有我不能否认的疼
所以当我写到黄昏，不死的野草
就会向前迈一步
——当我看到父亲的脸也是
祖父的脸，当我看到自己的脸
也是父亲的脸
那些被孤立的生活细节
才生动起来。内在的思考变得更加陡峭
父亲推着自行车
走在他每天都要走过的石板路上
我跟在他身后
将来也许会有人跟在我身后
这种无限循环的事物
有时让我觉得恐惧。但理所当然
存在于生活：我和一个我爱过的人
说起这些，得到的嘲讽
似乎也是这种循环的一部分
所以我决定往后退

但每一扇门都会自动锁紧
从高处落下的物体
一件接着一件
母亲坐在窗台边
我去给她倒了一杯水
打开报纸,我们小声说着身边的人
母亲从来没有提到父亲
但她会不自觉地
看着他在厨房里走来走去
而我也会稍稍让开一些距离,让父亲
能够清楚地看见
母亲

一声接一声的钟鸣

河床环绕苍劲的山影,写下我
心中巨虎的咆哮
那不是西格里夫的猛虎
是我自己的
我从公园的长椅上
站起来,巨大的压力似乎来自空气
也来自周遭的树木和草
麻雀因为感受到某种威胁
而向后退。它在一棵树的荫蔽下
得到了
缓慢的喘息
风景如果倒退几十年
大概会有所不同
但中央喷泉应该还是
一条鱼的样子
哪怕没有水流
从地底隐藏的管道中涌出
我还是把它想象成一种
流动的姿态。从时间的另一端,到这里

那些正在被风化，瓦解的大理石
雕塑和镂空花纹的门廊
是否能够继续表达我的费解？
这很难说清。生活的压力
无论是有形还是无形，都向我展示出
与时间同步演化的特征
我刚刚去看过以前
住过的房子。那条街道依然
在银杏树叶金色的呼吸里
所有陈旧的事物好像
仍在陈旧，规律的钟声里衰老
我想起50年代的秋天
祖父在那里出生
后来是父亲，再后来是千里外的我
只要走近那段生活
正在落下叶子的树似乎就会陷入
回忆里，发出簌簌
簌簌的声音，像是一声接一声的钟鸣

在我吹长笛的时候

母亲的光阴,这个词含有的悲悯
仿佛在说每个人的一生
都是植物举起的年轮
木质的,被虫咬过的,或是被季节
浸透过的纹理

在这些纹理的深处
是需要自白,却又不敢轻易说出口的
孤独——蒲公英在飞翔
我看到它如烟雨,飘散
留下离别的美。细微之处是隐喻

人世冷静的节拍
时间的碎片。我的骨血
在纸上奔流的汉字以及生命中
令人惶惑的光
都在指出一条下行的路通往
过去的生活

听母亲唱歌。《后来》

在夕阳前,银杏树的影子落在
她的脸上
就像一本书里
雕石者收藏的玉器
影子落在水面。无声,但润泽

在我吹长笛的时候
母亲坐在窗台边上
看着我
她那么温和
她的眼睛里好像
只有我
从小到大,我关注的东西,瞄一眼

她就知道了
她的旧衣裳
让我觉得我是活在一张
巨大的网里
而不是活在
真实的生活里。故乡这个词
难以描述的遥远,像钟表的指针,旋转着

读《诗经》至结束，月光忽然暗了下来

这是最后才懂的：时间，爱情，或是声色，
都抵不过灵魂的声音。
就像现在，我自豪于墙外的玫瑰，
又开了一朵花。
日出像是汉乐府里，遗失的曲子。
有一个少年在日出时，骑着马，来到我的人间。
他说世道人心，都将合拢。

他说重耳已经在回城的路上。
他说，一个人只有在面对生死的时候，
才能面对自己。
那年夏天，他酿了整整十坛雄黄酒。
那年夏天，他唱着古调，啸出一条银色的画舫。

他也唱过伊水，情歌，然后痛哭。
他说介子推在山中死去，
谷雨的雨水恰好可以用来洗涤清白的石头。
我睡醒了，吃冷硬的米饭，喝冷水，
雁群飞去的地方，仍旧有一座清白的城。
它关了城门，同我一起醉酒的少年坐在马车上，

颠簸的风声把尘埃按在纸上。
万树生花,浮云一次次回到固有的角色里,
月光和诗歌咬合如榫卯,
华美似雕梁。

西塘辞韵（组诗）

青石

我喜欢的人儿在前面走
一座普通的桥
连着我们
她的面孔好像总是不真实，有种
难以言喻的变化莫测
就像书里的江山
很容易就能翻开的南宋的笔触

我随着她走过人间
走进石皮弄
走在略显潮湿的青石上
有隐喻的历史
似乎正在生活中复苏
河水也在生活里
却在宁静中藏着波澜

那个隔着门望我的人

望进很久以前的乐府调子
她的清澈比来自宋朝的辞赋
更令人怀念
她的眼神好像能够洗净我
内心的孤独和污浊
她是一杯烈酒，饮下便可忘忧

秘密的修辞

我曾把斜塘的落日
和一只鸟相比，不知是否太轻？
而相思是我和它
隔着千里相望的瞬间
它知道我心中坦然
所以带来明亮的灯火
我看雨，也看它
水面的烛光一个接一个
顺着廊棚，顺着乌篷船
演绎成生命的法则

这更早的描述的词语里
这古镇是多情的
饱含一种力量的美，宁折不弯
它有植物的心灵
有石头的硬度，也有花开时的温暖
渡江者说起一个名字

我在那个名字里面
我在她走过的青石路上,看着梨花
好像有一场雪
正在落下,爱情越来越磅礴

解忧之诗

完成修行后
僧人坐在屋檐下喝水
他让我读《金刚经》
读日落,然后煮茶,净面
但是不许我回忆往事

他坐在蒲团上
看着门外的烟火。肃穆之心
仿佛与我
勾勒出复杂的藤蔓
他也说起过那个名字
谨慎并且犹豫

他对我的担忧
正如我对时代的担忧
我们说到她,其实在说自己
生活里的恐惧
这让我想起一片草原
草叶上的露珠明亮

像是要从太阳上梳理一条河道

西塘辞韵

流动的物质中
音节起伏,常有怀念
我在诗里写到自己
永远这个词
似乎可以替代平常的汉字
而不是游子归乡,不是月圆
也不是离歌

此时西街多么明媚
环秀桥讲述着自身的传说
桥下经过的船
点亮了灯笼
时间短暂而多变

一个少女站在船头
她的轮廓里有一层光辉
形成完整的命轮
我看着她,她也看着我
无声的水把时光送走

选择一种长调
选择这曲调的开始和结尾

中间的段落或高或低
都是在触摸岁月
恍如信仰,在鸟的翅膀上
铺开一张宣纸

火焰和梦。乌瓦和乡音
都留下了影子
其中隐含的信息
平坦的词语或者抵触
或者容纳我,动作都很轻
雨也来得很轻

子夜歌

还有什么比思念更远?
世间百态。失重感反复折叠
茶店老板娘说到山泉和碧螺春
说到诗经里的远方
蒹葭苍苍
她眼睛里的渴望,像月亮一样美

钟表被一场雨拨动
西塘的名字里
包括西园,包括种福堂
包括古代的瓦当
词曲悠长而有温度

人间凝聚成一座塔的高度

钟声也在拨动心弦
夜色幻化成风
随着地名更迭的旧物
虽然有一部分遗失
令我无法具体地说出自己
只能由着年轮撑起一棵棵古树

一次轮回真的只是一生吗？
读书的少女告诉我
桃林将要长成新的水波
我遇见我的影子
而音乐已经到了尾声
心灵深处的波纹
总是波动着一条鱼，在水底凝视我

止于烟花

苦和甜。顽强和果决
有个少年跨越积雪
朗诵汉字里包含的生生不息
那些词语打磨着他的乡思
像灰荆棘回到纸面
把生活的断点接续成
比任何声音都要真实的烟火

二　琴的抒情诗

我错过了尘埃
在光阴切割的碎片里
错过这个词
也是音符里闪烁的星光
我说到它们，外在的流动就
覆盖了内心的雪

像铁一样明亮
这些年，铮铮的骨头
是不能否认的树叶
我读了一小段经文。地藏王
成佛的誓言
假如揉碎
铺成西塘的青
路就能完整地呈现为蝴蝶
最初的薄翼

万物止于此
洗净的河流也是多余的
不亵渎，不惊荣辱
我把身体里刻意的成分拧成
有若实质的铿锵
繁杂的人间也完整了
西塘便能回归斜阳
对生命来说，这终点
也是起点

月·乡

或度日如年，或一日三秋

——小题

奔跑总是与命运休戚相关
而故乡是不是，也应该与命运相连？
异乡用河流书写过浩荡的长句
而我用粉桃、稠李和晚樱
朗诵《诗经》里的蒹葭苍茫
白露应该无限辽阔，散溢生命的喜悦
溪水应该散溢思念之心。而血脉循着光阴
渍满蜜桂的甜润，在故梦里喃喃

日出里的山河，在城市里倾斜成
一个美丽的姑娘
经过仔细雕琢的语言，需要吐蕊思念
更需要诉诸内心的倔强和倨傲
那些看似平静的音节里
暗涌着不容更改的沉郁和陡峭
光阴自上而下，截断时间褪去的哀愁，以及月光

二　琴的抒情诗

有一棵月桂在我身后绽放
有一杯桂酒泼洒在我的诗里
用暗香疏影连起相遇的人们。归乡的词语
像母亲在凝视我，更像一盏暖灯
是不是这样的思念，也与命运相关？
假如恰好有这样一场雨落下
苍穹就会把我的名字换成野草。静态的人间

以锦江为墨书写正气(组诗)

从文明说起

在成都的故事里
锦江始终是
文脉中的一枚符号
红珊瑚把藏在心底的海洋
托付给一只杜鹃
而我把信仰的句子写在
风筝上:愿生命回归曾经的你
求真向善的正念

我最想说的其实是
命运之门敞开
无论遭遇怎样的境遇,都不可
失去原则和信仰
胸腔中延展偾张的词语
在一棵盘绕星空的藤蔓上
小心地点缀生活的细节
正如我前几日说过

二 琴的抒情诗

汉时的江河,徜徉在一曲道义的牧歌里

而君子需谨言慎行
他赶着一架羊车,向西而去
他说他要追逐的夕阳
不在人间。江河与大地
是文明之上的词
要用灵魂读取
古今悲欢。不知有多少人渴望
在丹青上书写如雪的悲歌
驷马难追的句子

川流

"扶苏不在。民无信不立,请吞下血与铁"
离人诉说旧秦
城砖中铭记的骨骸
而温暖的春风在我体内
舀起一瓢清水
每一滴水都有哲思
都是一个襟怀坦荡的人凝视
一方磊落的土地时
难以自持的心跳声

浓郁的黄沙和酒
像火一样流入锦江。那是蜀国

立于人间的法尺
是心藏万物的流水之诗
金色的火在琴弦上演奏暮色
而川流,便是四川
融化了历史积雪形成的大河东流

经书里的墨字
用清净的思绪与赤诚
纠缠,留下的挽歌
也是一个时代
那是用肯定语态
用一只子规转身时,眼里的
释然,留给我的时代

那个时代与我的时代
碰撞。询问。旧的姓氏与
新的姓氏相望
形成了新的真诚和信义
儒生慷慨。墨子侠义
明月照见的记忆
在故事里,在夕阳下回望巴山
眼底总有数不尽的苍生

至诚为光

日月交替

二 琴的抒情诗

明亮的太阳是一枚种子
在时间中成熟
流动。在我读过的北方雪野

离开我的视线
一头黄牛便是整个历史
它踱着步,小声地咀嚼着真与美
它和驺虞论道
——一头神话中的奇兽
把我忘在一边

我想象它在圣人钦定的
词语上行走。细小的丝线
使我们形同量子纠缠
它有时会问我,何乃立身之本?

我踏入陌生的幽径
迷失不可避,却也因为心里
藏有儒风时代
宝贵的珠玉,而无惧时间

"会不会他们也有一颗
属于自己的月亮,在身体里摇晃?"
路灯像珍珠一样白
我的情感游弋在锦江,像街道里
不曾吹灭的灯火

旋转成喜欢的样子
白,且依旧敏锐
"假如月亮有棱角,是不是
也像会我这样,关注粮食和房子?"

我抚摸着落在
麻雀身上的光阴。它的目光
越过我的手
越过承载它的力量
像紧扣命运的植物,抓住了大地

诺言

隔着玻璃窗
几棵柏树遮住了远处的景物
它们把一种宁静
投射在我对贤者的想象中
从颛顼开始,经过
漫长时间的洗礼
一片阳光抵达我
这片土地已经熔炼得不再完美

朴素。真诚
铁肩担道义
刺痛——但真实
就像母亲在我身旁

问我一碗水的两端是什么
她想知道我是否理解
这人间
存在的道理。道义
但是我想到公正和信仰
必须像一片树叶那样
承载先知落下的光

母亲对静止的事物
一直持有悲悯的关怀
她举起火石
从它们内部掘出光明
我从小读她买来的《论语》和《大学》
已经习惯了像流水一样抚摸我
波纹状的诺言

十年树木

诗里的月亮,总是被婉约的目光
注视着。白塔寺外的柏树林
站在我用思考围拢的世界之外
无形中与真实的世界
相生相克,赋予道德新的意义
而它们坚守的笔直
似乎也在赋予我,立德树人的意义

内心柔软的绿意
支起了坚守底线的决心
遂心怀光明
任玲珑剔透的句子自然生长
我的名字，有了不容置疑的力度
为了重现天空，麻雀，以及锦江的归宿

事物总是呈现出与本身
不同的表达
儒经里的教化
区别于我曾蜗居的一隅
在此之前，我的世界颠倒重叠
另一种秩序
甚至不需要用颜色来渲染什么

银河的旋臂在我身前
描绘裂隙与哲学
一切有形之物
必然在形态中注入
新的使命和意义。十年树木
在于成长。那我的存在
是否也在于
守护某些
被忘记的名字。忽然清晰的年轮

二　琴的抒情诗

诚念之水

立木为信
士大夫们即使饿死也要维持
八风不动的德姿
桥下有雨
尾生的头巾随水而去
世界旋转，真理又重新降生在风里

锦江水声渠渠
江鱼游动，月光交错
风吹动树叶的时候
也吹动它们互相慰藉的私语
关于情操或者深刻的立人命题

最重要的是民族。家国
雨声打动人心
而岁月的波纹那么轻
它和锦江面对着
依旧保持着内心的那座高台

那是川人的信念
是这片土地名字里的硬度
被时间轻拂
流传着劝谏之语和爱贤者
对诚信的书写

有诚信的人间才是
热烈的人间
蜀国的光阴注视着我们
但不再限于审美
而是根植信念:首孝悌,次谨信……

云上的歌谣

1

去年春天,一条河唤醒了
写在诗里的故乡
我想起母亲的侧脸
想起她我就喝了些桃花
酿成的酒。仿佛那样就能把春天
留在身体里
就能留住她的容颜了

喝醉以后我竟然
看到水里的自己正背着星光
回到一座山的腹腔里
母亲应该已经
烧好了水,坐在灶膛前
她唱过的山歌好像
轻轻地踏着我的肩膀,攀上了树梢

2

大地在古老的诗歌里
在等待我的船上
月光抚平了我周围的水波
——河流对岸是一棵
粗壮笔直的楷树

我说起它，其实是在说起
口口相传的文化
后羿射下了九个太阳
而我赶着马车
去听他唱歌

3

锦江水，流动在我的命运里
我的名字。姓氏
芙蓉花盛开时的寂静
都像双生子在穹顶
凝视着春天

我要为树叶写一首诗
生活中，不能忽略的细节
在叶脉上，沉默着

二　琴的抒情诗

命运的河水在星光里沉默

我的故乡在岁月深处
用灵魂打造黄金
乡音，当然也包含着石头和
我的父亲
铜制的灵魂

4

节气是最初的叙事
是一种文字演变成另一种文字
体现出的逻辑
与建筑师，表达的美学定义
相同。烟花演变成石碑上
不朽的烙印
就像铁分子在不断裂变的过程中
成为一个时代。而国土
是需要用函数才能完整呈现的力量
我说到这些的时候
河流上升起月亮
母亲把桃花，摘下来，染红云彩

花间辞

人生中,风雨常见,铭文少有
只是在泥土里仰起头
所见的世界有蚯蚓,有野草,有蚱蜢
却没有我想要的轰轰烈烈
被草叶分割的天空看起来有些单薄
持剑的蚁族站在藤蔓植物上
眺望着异乡

我看着一部评价不高的电影
回到生活本身
疫情带来的破碎感更甚于草的锋利
而麻辣火锅正好沸腾。我苦笑着把
甜美的事物放进其中
——朗读者在深渊深处
讲述着她与文字,陌生的细节
打毛衣的女人普尔抬起头
她不会在意我的想法,就低下头
继续沉浸在自己的世界

窗台上的盆栽,对于我
有似曾相识的影子

二 琴的抒情诗

好像我接近它就能接近活着
这个词语本来的意义
凌晨一点,每个人都应该保持平静
不担心生活的艰难
普尔放下毛衣,开始喝酒
她说读书也是一种食欲
她喜欢小提琴曲。巧克力。雨天以及
幻想症带来的紧张

有时候是乡间小路的宁静
我不再年少了,不会想太遥远的事
她偶尔还会说起童年
普通的河。屋瓦。诱人的柿子树
她说在她的小说里,有辆马车
正从城外赶来
风吹在窗户上发出沙沙的响声
心跳反而不被注意。街道中的人们
回到独处的空格

风把我吹向花间,蚂蚁的表情肃穆
好像被草叶遮住的异乡
对生命而言,更重于故乡
无根无萍之地。我听着风吹来
一只麻雀,已经记不起自己
是否悲伤过——起风以前的世界
我和普尔站在河边
被黄昏照耀,流水很干净,万物形同羽毛

知者（组诗）

回忆。年代。人间

伯牙绝弦，知音难觅
万物之上的词语
如同一幅泼墨的大写意绘画
临摹出罗马
四面汇聚的路途
辽阔的乡音和桃花，在理想主义
庚子年的诗章里演绎火神山
灯光照亮的白衣天使

闪电照亮黄鹤楼
我站在山顶，星光在江水里
红色基因与人间相识恨晚
命运的光环在纸上
就像一个很久之前就相识的朋友
把手伸出来
把她记忆里的人间演奏成
不同的声音。不同的色彩和

二　琴的抒情诗

相同的，骨质的碎片

龟山在浮生里
摇动着难以说清的绿色
志存高远，指尖的黎明和桃花
正在远离尘嚣中溢出的词语
而温暖的触觉仿佛
一条银色的河在洗涤灵魂
音符和雨
相爱缠绵入骨

琴声里，万物都是时光的片牍

织锦。琴弦。完美的月亮
扇面上美学和一朵野花
内涵的苍茫之重
被琴声拨动，辽阔的，光阴和
两个人的离别

短暂的凝视
人间的曲高和寡以及种子
是泥土里成就的力量
是不可解读的未来
也是植物，从古老的事物里
取出的一条木船

孤独感，从星空降临，就像金鱼
和一面湖水的对白
伯牙和原本应该消失的名字
重新回到人间
如果一粒沙就是整个宇宙，那我的眸子
就是可以改写宇宙的光

荡漾的水波里，生活的本质留下
与之呼应的词语
泰山下的琴音
把每一个触及它的灵魂
都连成星光里的歌谣。流水。清新的词语
而光阴是不能用
减法或向下的事物表达的

心灵的微澜

刻出不能忽略的决绝
山脚下，有翅膀的太阳和鸟
在酝酿它们的年代
因为温暖而必须追溯到
传闻中的公主
和那个少年出生时想象的穹顶

飞翔的昆虫在欢呼声里
如同艺术品

二 琴的抒情诗

点缀在落英缤纷的国度
我的世界，归期，明亮的河流
似乎都在倒映着爱情
舔耳朵的猫。天鹅绒和冰花

汉阳的早晨在旧屋中，虽然无声
但是胜过所有回音
曙光。草叶和刹那之间
沉默的钟摆——当蜂鸟振动翅膀
金属也在和天空偶然相遇
小幅度的气息交换，属于这里的河流

有缺的月亮落在画面中
立刻就改变了
原本空间的静止
一匹小马，它踏在草地上的样子
像极了嘴角的胭脂
我闭着眼睛，对答如流的人间
横陈在草和墙壁
已经用旧的脉络里，很难忘记，也很难替换

知性之书，或命运的纹理

长江水。落日。钟楼
行知之美拍打在岸边的铜器上
那些与河流有关的叙事

白色的石头
天空蓝。紫薇花
在破碎的浪里
阻挡着每一个想要追溯
这座城市历史的人
而渐浓的秋天，雁群传递锦书
把温热的叙事撕开一道缺口

武汉三镇，逐渐变得
诚恳而温暖
融合时间的词语
在一幅讲述人生的画卷上
写出弥补生活的词句。我的江山
是藏着密码的钟鼎
时代必须经历的艰难
把众生炼成，坚不可摧的关隘

身前万物，辽阔平静
如果有雨落下
水面的船影就会吸引天空。乡愁
母亲仿佛永远在我身后
在熟悉的歌声里
我听着听着就看到
少年时的自己，举着风筝奔跑
古人的知性之书
像一只大鸟翱翔于上苍
我的河流汇于大江，竟永恒不灭

二 琴的抒情诗

清晨， 钟鸣唤醒了潮水

潮水向我涌来的过程，是缓慢的
就像毒药在林中
缓慢生长。纹理清晰的雨
从时间的彼岸降落
有时能准确地听见指针
在钟表上转动
万物归乡或向我围拢
都是一种难以描述的神秘

我又一次说到伯牙，值得纪念的浮世
以生命的重建
换取对生活，不多的向往
悠长的曲调在手指上
跳跃，徘徊
月亮以缺失为代价
得到片刻圆满
就像灿烂的菊花在词语里摇曳
挥去时间的迷茫

江水和往事，落在一条
不知道起点和终点的山间小路上
不能忽略的细节
把传闻中的七颗流星比作
野花和铁轨

一列火车从远方开来,到远方去
光阴的韵律把古代的叙事
还给我留下的影子
瀑布桥的姿态跨越千年
在普通的草叶上
刻画出两个人,微小的永恒

知音,知行,知天下

知音者如伯牙和子期,已经是
人生的极限
而生活常常是木质的船
或草叶编成的天空
云海苍茫,浮在水面
那些简约的词语
成就了春去秋来的大雁
它们携带锦书,把故人轻声的问候
送达内心

行云流水。在林中躲雨的少年
很容易就躲过了秦汉
和魏晋——风声来得很仔细
雨声如千古绝唱
讲述历史上
迎着波光摇曳的名字。荡漾的黄昏里
伯牙和子期在命运的琴弦上相遇

二　琴的抒情诗

他们盘桓在优雅的音符里
成就了长江之水。一抔泥土。一片落叶

在一张铺开的宣纸上,古老的太阳
生命的秘密
洗净了一只瓷瓶
灵魂是我与河流之间的密码
打开,是一座木桥
合拢是缠绕在身体上的年轮,连续的光影
我与伯牙在不同的年代
看着相似的鸟群,我们的语言
在蒲公英飞起时迎来了
琴声的回归——我们的心灵,像一只昆虫
在凝视岁月和泥土深处的一切
生活逐渐沉淀
变成模糊的,寂静的春天

每个黄昏都有相同的路口

1

下一站。晚安。灯火里的人间
河水映出我的影子
星辰像是草原上的帐篷
点亮了马群。乡音。生活

下一站。诗歌。在纸上奔腾的年代
大多时候,我并不知道
自己是否能够像一只鸟那样
飞过命运的山河
但我需要这虚无的一瞬间
证明无限的狂野与我之间仅仅
是闭上眼睛

2

火车在时间的铁轨上

二 琴的抒情诗

轰鸣的时候
我降到最低处
像水草,在倾诉自己的生命

月亮的圆缺精确到
某只甲虫背部奇特的花纹上
翅膀。风。闪烁的语言
那些被打磨的纹理和悲伤
像钟表的指针,转动桌面的木船

3

被某种波纹
从思考的雨里摇晃着醒来的人
和我面对面站着
我们互为面具,把巨大的惶恐藏在
身体里。密码是野草和钟摆

生死互为因果
我的生日,对未来的假设
像纸飞机落在尘土上。苍耳子
悄悄地生根发芽
当河水朝灵魂一次次涌来的时候
光明和泥土就逐渐趋向
呼应生活的,简单的石头,或者雨

4

我站在台阶上,看着一辆汽车
不停地左转
好像只要一直向左
就能回到最初的坐标

深谷为陵,万物生长
我是其中一部分
我身后的景物也是其中一部分
更辽阔的词语
是蒲公英漂洋过海
细小的花伞,在《沉思录》里沉浮

5

死亡是另一部分
我和我的影子谈到铁轨
谈到房间里的灯光和
证据链。摆放在书架上的卡片
按照特有的顺序把我和这个世界
分割成熟悉与陌生
距离感明确的若干等分

折叠整齐的信纸

二　琴的抒情诗

在潮汐的声音里越来越剧烈
表达它曾经历的形成
回忆的生活细节和器皿
雨水落在里面
缓慢地堆积成平静的水面
我看着这个过程的时候
仿佛有个声音在不断放大，在循环
但它从没有对自己，表达太多
期待的情绪

在日出时

这些天,我想过很多次
一个迟暮老人坐在牛车里
哭着看沿途的景色:黄鹤楼在高处
凝望他和他的皱纹——那些记录生死
却不仅仅表达生或者死的刻痕
很多年前就已经遭遇过,残毒的侵蚀

现在需要他回想某些细节
把自己置于危险,把死亡宣告刺耳的鸣笛
写成每一扇窗攥住的灯光
只要它们亮着,希望就还在
我要讲述的离愁如白日倾斜于酒杯的波纹
在纸上,凝重的句号,前面是一首长诗

我也看到很多普通人
他们的一天,仿佛就是一辈子的剪影
战乱时候的学生。飞过穹顶的知更鸟
轰炸机和被烧焦的石头
都是这样沿着山路走近了武汉
壮烈之于残酷的叙事淡去

二　琴的抒情诗

而日出在江面上摇晃着
似乎有种力量正在把呼吸拧出肉体

在日出时，写武汉或者读取
属于武汉的悲伤
都让我有难以描述的疼
那不是蒲公英和苍耳草的身体
所能承受的季节变化
那也不是感怀故乡和他乡时
可以坦然诵吟的，"为赋新词强说愁"的腔调

那是鲜活的生命在逝去
数字的跳动，挂起半个家庭的葬幡
雨落在车棚上，敲击出咆哮和呜咽
被安静屏蔽的树叶
卷起身旁遗落的春天。生命
昨天，一个哲人说，人人都向死而生
听说人间的词语，进入身体里
留下一首未能写完的诗
——它拒绝任何苍白和空洞
日出的瞬间，可用浓墨，点蘸成逆行者的瞳孔

三种倔强

漂泊的孤岛
像钟摆保持着最初的振幅
也保持面对灵魂的坚守
——正如三月的那个夜晚
月亮坨了 发胀的面糊
没有咳嗽 围城的人们安静下来
擦眼角点蜡烛
就着烛光，拌酱萝卜，芝麻酱和小葱

有温度的生命，都在奔赴战场
百川汇海，破雪踏霜
就像我看过的那些面孔一样，没有
丝毫的犹疑——命运其实是虚构的棱角
在面对灾难的时候
并不比心脏的跳动声更坚硬
他们的倔强始终连着
深沉的觉悟，连着家国，天下危局
与千古诗行连成雨水落下时，零丁洋的孤寂

一个刚刚还在看月亮的身影

二 琴的抒情诗

穿上白色的衣裳,就变成了天使
她赤脚走进武汉的风暴里
她身后的人,为她举着伞
她却没有回头看
长江大桥横跨排列如鱼鳞
历史和血脉
我或是"我们"用相同的声音在呼喊
我和无数个他在合唱一曲
肝肠寸断的歌,在波涛前直面狰狞的恐惧
换下的口罩血迹斑斑
——他们微笑着,神情泰然

向前的一小步
可以解读为一个人的独行,也可以
连接成一个民族灾难中的步履
我在我的身体里分裂、重组,再回归:
扬起血淋淋的手臂
而手指是洁净的
——武汉,不退。
嘶吼开咯血的咽喉
而声音是倔强的
——"武汉,不退"

古诗词 20 首

闲题

自古终南不寂寥,山人动辄说吹箫。
春余雅奏兴花木,日下仙台问迩遥。
循例放狂能病醉,弹冠矜节费招邀。
涂中岂是从流处,登陇冰心一样消。

七律·赴会途中心绪难平以自寄

鹤侣鸿俦岂寂寥,狂来说剑怨吹箫。
入壶天地何辞小,屠狗功名只自遥。
风雨无妨闲处钓,烟霞宜向醉时邀。
波澜多少逐流物,并与浮沤一处消。

二　琴的抒情诗

给母亲

难系萍舟柳渐黄，倚间经岁望长长。
一轮明月家书暖，万里春晖萱草香。
反哺何及灯下梦，卧冰难报鬓边霜。
从今但愿椿同寿，若锦雯华昭瑞祥。

春次江南有记

湖边人静鸟争鸣，细柳沿堤展翠屏。
棹碎清波残晓色，霞明碧野畅幽情。
风梳暖意莺歌软，雨涨烟溪水韵泠。
欲将心绪逐春燕，相与纸鸢云上停。

古镇游记

斜阳半落倚栏杆，云袂依依玉带环。
载客扁舟拖日影，衔鱼白鹭荡青山。
花飞柳岸明霞抚，鱼戏鳞波月色涵。
梦入周庄生雅兴，此心何必羡桃源。

游周庄古镇感怀

枕水吴歌入画船,周庄韵致动江南。
一蒿烟雨连图画,十里亭桥接碧天。
小巷飞花存古意,清溪漱玉起微澜。
醉心何处吟天籁,水是琴弓月是弦。

春怨

立尽孤亭荒草深,红飞襟袖惹啼痕。
雁去遥叹音尘断,满园花木为谁春。

鸳鸯恨

青衣秋影立孤舟,遥看斜晖染画楼。
残柳拂云摇旧碧,落英逐水惹新愁。
秦楼箫断鸳鸯恨,冷月光寒紫燕眸。
应是银钩难钓尽,蓬山望断恨悠悠。

二 琴的抒情诗

思人

一别三年又倚楼,怜卿天气不堪秋。
落花翻似纷飞雨,流水依然来去鸥。
玉笛尘封声寂寞,词笺红褪语温柔。
空余一捧相思泪,不见萧娘不肯休。

咏依米花

不争国色到重门,深掩风沙旧梦存。
自有冰心向明月,何须蝶影吊香魂。
繁华未负沉潜意,凋谢应怜露电身。
纵晚何辞犹绚烂,明霞濯水动黄昏。

新郑赞歌

祖地文脉薪火传,神州万古祀轩辕。
人间律法宗韩子,天下书生吟乐天。
五彩雯华耀新郑,九章韶乐颂昌年。
名重古今称首善,翼展鹏程谱华篇。

千古凉州

千古雄城谁可论,长风万里荡红尘。
烟横大漠多豪侠,月落边关有骚人。
折柳一曲惊戍客,连天二水截昆仑。
壮诗雄词今犹在,且倩豪情向白云。

蝶恋花·月下梦回炊烟袅

月下梦回炊烟袅。凯风轻轻,唤子声微渺。忍顾鬓间白发悄。春晖浩荡难相报。

一片甘霖润芳草。量稟画荻,难忘养与教。福瑞相随卿云绕,春永庭前萱草茂。

踏莎行·梦痕

月洒银披,花含晶露,并肩芳径姗姗步。迢遥青鸟渺云烟,重逢长惜佳期误。

软语缠绵,柔情倾诉,此情此恨无重数。夜阑归去不成眠,梦痕失落花深处。

二 琴的抒情诗

沁园春·新中国七秩华诞

四海归心,九州共梦,月领群星。正龙翔凤翥,乾坤锦绣;民康物阜,家国昌荣。

法宗韩李,理尊孔孟,凤韶歌舞庆升平。七十年,正鼎新革故,海晏河清。　人间万世为恒,辟硝烟烽火开太平。看嫦娥登月,纵横玉宇;蛟龙下海,激荡沧溟。

薪火相传,金瓯永固,丝路重启振文明。秉初心,以复兴为任,再起云程。

水调歌头·弦上飞红雨

弦上飞红雨,春色已黄昏。绿绮难遣幽恨,弦断渺知音。多少红尘旧事,分赴秋风夜雨,回首惹啼痕。忍顾菱花里,衰鬓有谁矜。　蓝桥断,蓬山远,玉簪沉。拼却一醉,醉中蕉鹿更难分。不知尺素何寄,试倩悲风吹泪,葬我以白云。西洲何处去,花落满离樽。

清平乐

别夕惆怅,独倚茜纱帐。缺月残辉抚绣幌,漏尽无眠呜唱。　慵添金兽炉香,对菱懒理残妆。锦幕因风款摆,痴鹦连唤檀郎。

念奴娇·昭君出塞

从此去矣,抛却那、汉宫深怨千般。乡思有限路迢迢,泪珠滴滴潸然。胡地胡俗,原阔野牧,工夫非等闲,狐裘长鞭,轻骑向平川。 任我纵情远道,奶酒将来,可借得半酣?青萍玉湖塞外天,何谓北疆中原?今日此地,昭君神在,八方舞翩跹。欣慰人间,明月不照烽烟。

满江红·新郑

肇称有熊,薪火燃、百世不灭。轩辕氏、筚路蓝缕,改换日月。万方咸服凤来仪,诸侯仰化争相列。铭汗青、享俎豆千秋,驱永夜。

钟灵地,鸾凤集。传承聚,国风立。数风流、韩非铸法,乐天才杰。遐古而今英雄辈,共谱华篇旌旗猎。五千载、正阔步云程,长风烈。

定风波·凉州

黄沙浩瀚古城雄,铁骑剽悍任纵横。浊酒一杯堪剧饮,谁论,千秋戍守显精忠。

商通玉帛连万里。经济,雄踞要地扼交通。一曲胡笳千古醉,何累,长歌骐骥踏云程。

三　盾的隐喻

残躯

黑白颠倒 抹去两处眉心的尸斑 天谕降
歇斯底里 伐戮
半颥苍白的厚唇
撬开眼睑，膏肓内外。酗酒之徒举杯
同无限崩坏的深渊对饮
工业废料从脏腑烂至喉头，熙攘在列
跌入淤陷碎齿下的混沌

动脉有雷蛇游走。十三条。刺破每一颗肺泡
喑哑逡巡气管磨去每一寸骨髓，或
驱邪祛秽 驱魔驱神驱虎吞狼 驱
三更靡靡淫雨

筋脉废朽去胎巢 吞一些风 架食道
顶开三五寸脂油下 闭塞的膈膜
"今夜君子如夜下弦月"，紧绷的角质层
溃于某处燃烧的蚁穴，告诫
缘聚时剖心剜腹，缘尽时茹毛饮血

吉日忌燃龟卜筮。群鸦盘旋，凶。

抽出胫骨 撞击脉搏震颤的鼓皮
肉身应该豢养？灵台何处安放？
未知的大陆匍匐在积雪下残喘
根须扎入蛮荒 静待下一次抽芽……

成住坏空 毛孔撑开夹缝
掘开一座坍塌的坟茔
我，我的躯体，隔着巨大的墓碑相对而立
深渊在哀悼中死去，在死寂中沉溺
嚼开一颗蛇皮果
身体与世界连接的惶惶废墟中
我们彼此都渴望一片流动的裸岩
插上天谕的灵旗
以及其上——
终有一日有鲜花浴血盛放的真理。

火

秋风瑟瑟
冰原燎生野火于光洁的黑幕
立森然之冰刃巅踮足
复自最后一丝寒意的发梢根处 还魂

火焰腾起,热浪席卷而来
自不知我生之初之初
无因无果 长梦短梦短短梦破碎
袅袅复袅袅的诗人之眼处

于久远驰骋生死中寻求我者
于长夜痴暗睡眠中觉醒我者
于陷溺死海拔我者
于三界牢狱中解放我者
以八风吹散,魔念消解之圣
唤醒死寂复清寂的悠远泰然

以呕在紫帕上的一口碧血
化开那些
死灰复燃 茫茫震颤的迷狂

恸心！那枯朽柴垛里寻你
尚未装殓？我的 苦难
存在我的存在梦寐我的梦寐
非苦非非苦的无边
那血色的黑洞 晕开片片凄艳的霉点
（我不知他们为何未为你送葬）

然
我看见你终于微笑 冉冉地
翻滚的热浪化为芝兰香雾
有白莲瓣瓣涌起绽放复绽放
自滔滔业海
自你已褪去血色的眉间毫光

坦白的事物（组诗）

黑白镜

她在房间里跳舞
六面镜子围绕着她
六面体的人间，似乎在严谨地靠拢

那种挤压的力量
像一滴泪水。他乡的人们把自己
呈现给生活中
旧物和乡音的残缺之美

跛脚的鸟落在花瓣上
落在高大的乔木上
仿佛跳动的树叶在擎起生活
它被风吹来吹去的时候
跳舞的人在房间里面，靠近真实的自己

雨月花

在雨中。街道书写内心
曾经拥有的月亮
而灯光似乎在唱着古调里
孕育着铁和锈
藏身之地是不畏将来的荒野
是小面积的歌谣。油纸伞。七弦琴

流动在街道中的颜色
是一首温暖的诗,讲述我的过往
而写给这座城市真正的情绪
恰好可以用来比喻
一只麻雀内在的颜色。添满它的村庄
也在添满 伪装成月亮的我们

连解释泥土的句子
有时候也会显得有棱角
但你必须承认
"紫艳暮春庭,少陵诗思清。"[①]
那些穿过骨头的语言,像雨的波纹
在山坡上酿成花开

三　盾的隐喻

辞根蓬

辽阔的人海中,我坐在那
看着自己的影子
像是一枚苍耳长出
驷马桥,宽窄巷,天府大道
像白杨树长出方格子
有人在里面,有人在外面
每个和乡音有关的汉字,都有我
应该尊敬的身影
除去故乡,别无他求
只要有人烟
陌上花就不会衰老
谨记:矢志不渝者不离不弃
紫色的云霞,诉说着相思
也诉说着游子情
花开时远方的亲友唱到故乡
花落时漂泊的人归来,尘世再无羁绊

浮世殇

一只鸽子飞来
我起身,放下水杯

门轻轻推开

门外是空旷的人间
一只鸽子飞过,留下很小的影子

此刻,一种颜色进入
另一种颜色
内涵是低头时候,悠长的时光

明确的生命,明确的词语
是轻微的颤动
藕荷色的纯净象征
雨的力量。雨落下的地方便是灵魂

物我忘

有鲜明的未来
如同一件白衣被雨水打湿
留下了水的记忆
但故事本身,不会被时间阻挡
那匹拉时代风的烈马
也拉着太阳和夜晚奔驰
缠住它的扣子里
只有一节节明媚靠近
我想到古老的哲学
与理性碰撞
过程是一种思维对另一种思维
逆流产生的漩涡

三　盾的隐喻

刚好有一只鸟飞过来
它有好看的羽毛，也有蔚蓝的天空

天空在右

一座城市区别于另一座城市
唯一的理由
是它所象征的天空
是否把人们内心所想
写成繁华之外，断开梦境的词语

树叶上，时间的变化
可以是一阕长诗
也可以是明镜高过鸟群的眺望

"岭树重遮千里目，江流曲似九回肠。"②
花开花落，都是离别
寄予思念的书信
像花瓣落在少女的肩头
无声之物，往往胜过有声
而风吹来时，叶脉总是在想象的波澜里

大地在左

仿佛没有重量

但是，当我迈出一步，走进生活
万物都会凝固成一声钟鸣
而我恰好在观察
一朵蒲公英托起生命的含义
世界原来离我那么近
大地上游历的人间
好像取得了另一种思维
对物质的辨识
那是命运的认同，无声胜有声的叙事
我知道，在一切背后
每件微小的物体
都能够承担自己的辽阔
它们是坚定的，是完整的，也是不可替代的

注：
①引自宋·韦骧《紫荆花》。
②引自唐·柳宗元《登柳州城楼寄漳汀封连四州》。

时间的断行（组诗）

转瞬

有疑惑的事，才是完整的
在我说到某些生活细节的时候
一棵普通的桉树
恰好被风吹落几片叶子
我把它们捡了起来
把它们象征的，圆润或三角的宇宙
粘在画板上

果实与树干总是保持着
一段很容易就被忽视的距离
连接它们的曲线
好像也连接着
其他的空间。这让我想到北欧
神话里奇异的世界树
它结出的果实是云。日夜。轮回

人间像是种子

在落下的过程中摇动
那些有声音的物体
都在表达某种
像野草和泥土一样的沉甸
而雪堆积成回忆里
空白的部分
所以冬天来临,往往只是一瞬间

纸和曲线

机械把三角形的光明
框在建筑中间。我背对着它们
有风吹来,就有麻雀落下
麻雀张开翅膀的那一刻
我想起关于爱情
祖父和祖母的一小段故事
那个年代,似乎是从繁体字
开始,在寻根的过程中,以简体结束

提到开始和结束,我总会
想到那些盘旋的事物
向下或向上的楼梯
落满灰尘的玻璃
我和一个少年坐在阁楼
想象外面的世界
有时候外面这个词,令人异常慌乱

三 盾的隐喻

活着的人,也会因此呈现
一种打开的状态
当我们推开那扇门
想象的喜悦占据了整条街道
——早晨的叫卖声,风声
就像有人在拨动着院子里
不起眼的植物
朴素的苜蓿。狗尾草。稗子和苍耳

时间的纹理

祖父说一个有用的人
应该沉淀生活
我想到那些恣意生长的小麦
在季节的波纹里
好像正在被风熨平
而收获,是从内心取出成熟的火

祖父因为同样的理由
成就生命的火
他坐在灶膛边上
点燃了光阴
在他之前,那些有勇气
践行命运的人
已经把灼热的火苗比喻成旅途

我的旅途才刚刚开始
祖父打开一本书
从里面撕下,沿昏黄的字迹
那些爱过他的人已经开始用哲学
描绘失去的安静了
随着风,落尽的蒲公英

正在下雨的大地上
我写出我们
这个词。隐匿的,时间的纹理
那是一枚树叶。滚烫的铁流
我的祖父
就在他看着我的时候
他的一生已经成为验证我
理性的数字。声音。构成黎明的颜色

小思绪

迁徙的候鸟——
我再次使用这意象表达敬畏
我也曾汇入沧海
看雨点冲淡浮沫嘌吟
和盐粒黏成晶花
却不能沉浸这旷古的沉默和
变成气泡的太阳

三　盾的隐喻

描写孤独的句子需要
在特定的时刻，表现死亡

一条船在回忆里
必须面对属于它的激流
我必须面对一张照片
谎称的离别
那是真实的悲伤
鸟类的翅膀在歌谣中
渐渐成为隐喻
而水滴需要聚成一片森林

我有时看上去特别安静
坐在灯光里
修补失去的童年
我需要从一棵桦树
落下的叶子上
找到稳重的叙事
然后像剥离叶脉那样
从碎片化的
生活细节中
剥离出贫困。酒精。苦艾和祖父

当海水向我涌来

我站在一幅画前

爱尔兰人格雷
站在我旁边。他说画家
必须把祖国呈现给
阅读自己的人
我站在他描绘的巨大日出里
海潮推动着它
如同推动梵·高画过的，橘色的星辰

那其实是一种思潮
是书上的年代
被翻开时
呈现的命运和我
祖国只是其中一部分
而更多的，是能够体现时间
衰老的事物
是祖父的自行车

我曾经骑着它，在山中
得到极大的满足
我从没有畏惧过命运
当风吹在山坡上
让我想起一天夜里
海水向我涌来的时候
令整个世界都沉浸的其实是
庞大的沉默

三　盾的隐喻

夜，断章

她读我的名字
读了好几次
最后确信我没有说谎
我告诉她的事情
线条流畅的喊声和田野
苦菜。跛脚的山羊
因为真实而显得善良

木棉花开在时间的
缝隙中。有一扇窗户
隔着它的星空
非常有规律地闪烁着
好像那是另一个我
在读取我们之间
灵性的图景。相似的数据

我把这种猜测
写在日记里。她大声地读出来
——我们渴望在以后
每个夜晚的呼吸里
穿过银河，低沉的鸟鸣
我睁开眼睛
流水声把一直以来
灵魂的温度送达，数字模拟的街道

音符上的世界
似乎只要用心倾听,就能
离开喧嚣。车流。灯光
路边的草叶上摇曳着
星海。生命必将在水流声里
得到认同——
除了故乡,都是身外事
昨日我的影子,胜过了语言

费马定理

音乐在大厅里响起
穹顶的星光转动,演绎
不能否定的数学之谜
我和祖父,今年只见过一次面
已经不像过去那样目光冷淡

爱,感情都是虚伪的
我记得他这样告诉过我
但是在我成年后
他已经转变了这方面的态度
转而劝我早点谈婚论嫁

我也转变了态度
我用一条很久之前的定理
隐喻关于生活的假设

大于二的素数,都是虚伪的
需要广义与狭义的多次叠加

构成真实的数理
感性的猜想,已被移除
剩下的是绝对理智
我和我的时代
在厚重的背景音符中

在一首诗里
学会生命值得珍重的事
我在他面前铺开
一张纸,写下我们都不能
忽略的名字和事件

大部分和我们自己无关
撞在我的名字上
是午后的桃树
撞在祖父名字上的事物
是一口井。半碗水。苍耳和我

又见炊烟

每一件浓重的事物
内涵的颜色
喷薄而出的张力

如汉字的灵魂
能够从我的此在里取出记忆
蒲公英,柳絮
它们有类似的轻
像我干净卑微的身体

连接宇宙的丝线
也在连起和祖父有关的名词
一行月亮,又见炊烟——
一行这个词不是简单的数学推断
它集合了我们之间
可能存在的误会,思考,以及谅解
有限的平衡

他渴望我触动那个
倾其所有也不能抵达的心愿
而我只想独处在语言里
穿过立方体有棱角的思考
所以当我构造出飞行
这个词的时候
熟悉的面孔,房子,都成了灰色的静物

许多人在倒退
而我在他们中间,低着头
保留着怀疑
我告诉祖父一场雪崩
应该就快来了

三　盾的隐喻

我告诉他，活着本身
是多么脆弱的事
因此，山顶的风才会那么寂静

关于某些飘忽又讳不可言的重负
（组诗节选）

关于死亡

描写土地的词语
大多数和父亲有关
但我有时候
会怀疑这些词语的真实

父亲的白发愈发增多
神情也愈发萧索
但他在面对土地的时候
从来没有过颓唐

所以我对那些
常用的，深刻的寄托之词
总是怀疑它们是否
藏着时代变化中，卑微的自己

三　盾的隐喻

但那不是父亲
他说即使是无用的稗子
也要把身体
挺直，才能回到喜悦的生活

我有未苏醒的野心
就像一匹马，对着蓝天
会有嘶鸣的理想
一粒种子只要埋进土里就
必须长出具体的名字

而活着需要承担，需要喑哑的苦笑
来替代思考。死亡无可替代
死亡需要在一块石头上，写我的名字

关于不舍

写作是把短暂的词语
排列成句子，用冷峻或温暖
表达不同境遇里，相似的等待
充满了宁静
温柔而宽广的秋天

我需要在琴弦上，弹奏
最后一声蝉鸣
那是金色天鹅绒沿着一颗流星

泛起的波纹,是明媚的词语
在田野里撒下毒药

蒲公英。苍耳。芨芨草
我爱的世界
有不能细说的悲伤
就像金属具有的纹理在太阳上
燃烧,留下一枚忐忑的灵魂

而温暖总是特别
容易被一本书里的人物取代
仿佛他的生活,应该是我
应该被认同的某一部分
具体的骨质的坚硬,洁白但是忧虑

关于土地

最常用的,也是最深刻的
一条木船上的锈
就像田里的野燕麦一样
与我对望着:它也有悲伤,也有喜悦

它有尚未苏醒的风
而一匹马对着蓝天嘶鸣的时候
身体里也有未苏醒的事物
我要把它一点点挤出来

就像挤出脓血和刺
那些象征未来的名字，似乎
可以替代，却无法替代
才是真正属于我，染血的植物

关于深邃

谈起真正的悲伤
我可以在树叶上写下关于活着
艰难上行的判断以及
面对一场大雪，沉默的瞬间

我也可以写那些埋在雪里
不太寒冷的句子
但我最终，写下了一个父亲
对儿子不舍的情绪——

相遇和离别如同走过的路
记载着人间的旅途
必须要体会的
是站在一间茅屋里，为秋风所破

真正的喜悦却不可说
我远远地看着一只麻雀
压在荒谬的屋檐下
一只小狐狸，因为岁月变得很轻

关于子弹

凝望星空的目光,是有重量的
乡愁这个词也有重量
我拦住几个人
和他们一起坐下
坐在我以为没有风雨的
一段夕阳里
屹立这个词,仿佛经历过长途跋涉
才来到我面前——因此它呈现的并不是
山川,河流,而是一只风筝
在天空摇摆却不会落下的状态
巴格达的孩子们刚刚还在
嘲笑它,拒绝它
现在他们已经被它带着飞翔
他们要面对时间,泥土
还要面对子弹。被鸟类舍弃的颜色
在一条河里奔流着
把天空拉下来。拉紧,就像拉紧一把弓那样
瞄准山中的小兽

每个清晨都是神性的起点(组诗)

临水照花

今日土地诞生
万物从宇宙的尽头归来
我在一道闪电的叙事里站起身
很远的地方
其实是很近的思念

我相信母亲说她出嫁的时候
用一把桃木梳
梳理云朵的情景
她说她看着在榆树下
寻找食物的麻雀——小麻雀在它身后
小心翼翼地张望着尘世
她说辽阔的人
像一座房子,要在最高处点亮灯火

那本无意翻开的书,扉页上
写着一行娟秀的小字

临水照花,如梦千年
那是我曾因爱情而感动过的句子
现在读起来却无比可笑
尤其在经历过
庚子年初如同浩劫的疫情之后
那些小情绪,竟再也无法打开生命的门

能够感动我的句子
越来越靠近生死面前,母亲
说过的平常词语
一切在清晨中被薄雾掩盖的声音
只有嘈杂起来,尖锐起来
彼此纠缠,才能构成真实的人生

而那些静谧,我曾以为
可以借之明悟生活的树叶和露珠
原来都是虚假的安静
它们的脉络在"风物同天"的叙事中
显得微不足道
而突然闪烁起来,煽情的吼声
却让我只想再抱抱母亲
写下一小部分生命的诗章

这时代中的我无比渺小

或许我可以用灵魂中的一条河

三　盾的隐喻

一盏来自对岸的灯火
来比喻这几年
世事的变迁。内心的石头
或许我能用更深邃的词语
讲述我刚刚懂得的生死之间，舍弃
与坚持的意义
但最终我只是在身体里
垒起了一座房子，用它鱼鳞状的瓦片
表达内心的不舍

昨日是惊蛰，之前是暮雪
再之前是无影的白月
他们的面孔其实并不清晰
仿佛蒙着时间的白纱
仿佛只要有风吹来
一切都会在破碎中重新析出活着
这样坚硬的词语
我的河流被整齐地分割
成为中国力量的细节
而武汉的封城已经，把命运折叠成
相同却不同的若干瞬间
就像纪录片开始的时候那样
镜头深处飞来一只鸟
不需要语言，就占据了我全部的视野

这时代中的我无比渺小
沿着天际线

沿着生命锐利的部分,寻找感性的出口
飞翔也是一种力量
正如不屈服的孩子站在山顶
他叠的纸飞机正在迎向他的远方
而春雨将至。我的河流
迎接我的思绪,在模糊的命运的轮廓上
在瓦片上书写的图腾
像一束光在树叶上写成的诗句
表达出强烈的喜悦
强烈的,守护在声音以外的颤抖

起点

那些不同的窗户
闪烁着不同的光明。人生
它们也有相同的柔软
透明的坚强。它们像一种木制的器皿
敲击着心灵里执着的念头
每一座房子都是人间
需要认同的起点
而我对生命的想象
如同一只蚂蚁望着飞过的雁群

每个星辰都是语言的归宿。海洋里
漂流的船载着奥德修斯
无论经历多少困难

三　盾的隐喻

都要回答故土的呼唤
而蜜蜂终将归巢，而孤独终将
成为思想者举起的风帆

那时候，一杯水映出我的脸
我的诗在纸上行走
讲述不同于其他人对生活的关怀
细小的影子像针一样
插进吹哨人对世界的判断
我看着那些已经
被认定陈旧的事物
就像阿伽门农
对战争坚定的信念——海伦是虚幻的
特洛伊却注定证明勇敢的一生

我关心的事物变幻着影子，小声地唱歌
那是一首很旧的歌
"随便一杯酒，随便的温柔
让我不想再回头"
我抬起头，视角陷落在天空
涌动的星辰漩涡里
一棵想象的树隐藏着灵魂
碰撞它如同碰撞
父亲的年代。已经开始消散的记忆

新的房子，像陶器上
雕刻的繁体字

那不是碑文,却比任何碑文
都让王想要追溯历史
留给生命的印记
而我在使用的简体字已经
替代了繁体的故乡
那些走进走出的人们,就像树叶
落在尘土上
始终沉默,但不甘沉默

潮水涌来的瞬间

内心的倔强,始终像马嘶声
连着烽火的血脉与谷物
亘古的马嘶声则连着一个民族的气节
面对死亡犹自能够说出横刀向天笑

委婉的雨落在这个春天,至今
还未唤醒桃林和乡音
而我感叹的事物在一阕宋词
伶仃的飘摇不定中

那些生命的逆行者,是我
不能否认的光芒
无论是在凉山
还是在
今天如川流汇聚的武汉

三 盾的隐喻

向死而生，始终是海上花
与千古诗词构成的铁
那种深刻使所有的词语都变得浅薄
唯有海潮涌来的时候
一束月亮
才可以比喻他们

而我必须再次提到武汉
提到那里的月亮
我没有资格说自己与武汉同在
但是我愿意为那里
灵魂的极致之美，打磨出铁的光泽

就像母亲看新闻的时候
目光里涌动的泪水。那是一种很轻
却能与整个民族共鸣的透明
桥。长江。波澜
排列如鱼鳞的伤感和等待

潮水涌来的瞬间，钟摆
保持着最初的振幅
但每个有灵魂的地方都点亮了蜡烛
它们与窗前平静的月光对照
像是有生命的事物
与我这样内心并不平静的人
对照思绪

陌生的面孔,似乎也能成就山河

虽然生命的含义很难具体

我至少可以说出街道里
走过来的人们。他们都很平常
有些是我的邻居
有些从未见过——他们都曾是少年
曾用过铁一样的名字
造就内心的水流
他们从异乡来,并将回到异乡,却不会
因为异乡这样的称呼而停顿

虽然生命的含义很难具体
寻求安身的地方,灰色的屋檐
都在展现我对生活疑问
无以复加,或无须理由的坦白
在生的一端被淬炼
浑厚的房梁和对其他人
尊重的语境,需要被死亡和战胜死亡
横断的决心淬炼

我对镜中的自己说出命运
落差像羽毛
一样轻。一样无趣
而幻想中的神

三　盾的隐喻

总是带来新的颤动和宇宙法则
真实的生活
却令人想要坐在床边
看着那些路人，抽一根烟，闭上眼睛

路人是需要重新思考的名词
有时要拿命去写
有时要用一辈子才能
读懂。我很想看看那些容纳生活的地方
辨认某些唱着情歌的面孔
是不是像我一样在身体里藏着孤独的
具体的影子。在地面浮动的
具体的悲伤
在词语里背对城市繁华的一面
如东城桑榆，它的背面，泥土中
藏着惊世的凉薄。野草。种子。面具

无题（组诗）

风吹来比喻的重力

那些小清新的句子
很适合我的记忆力以及被打磨
开始学会世故的人生
我的名字上，有一道褶皱
享受平静但活着的景物
飞行的物体有时会落下来
成为泥土的一部分
而植物是泥土中不可或缺的颜色
它们可以用一生去等待，也可以在等待中
还原自身的理性
而理性这个词是一扇门
我常常渴望打开它
凝视熟悉的庭院和其中一只麻雀
但那扇门，紧闭在思想深处
基于弯曲的灵魂雏形
有小牙齿和影子
所以幻想症也是真实的写照

三　盾的隐喻

纸上的小镜子，小窗户，是需要呵护
需要从内心把自己擦净的潮水

无声与余生

不是命里终须有的明亮
是我能够面对的灯火

有个声音说：不了解，是一件事的开始
是始作俑者的喜悦
我把风叠成许多只燕子
把自己叠成再次相见的古城
河流的上游是一段音符
而我在等你待它们演绎的曲子

我在等某种温暖
凝结水的悲喜之约，凝固尘埃和现代
人类的学舌之痛与深感焦虑的生活
信仰的流逝已经成为必然
信念的力量，求一个神明在纸上
反复地写下来去自由
匆匆的追溯向烛火靠拢

食欲向来缘浅。我在一条船上，为自己
埋伏娑婆世界的凉薄
无语的彼岸，不需要声音

七种情绪的源头
——假如万物各有悲伤
腹腔里的海上,自然会有花开
会有隐喻的巨鲸游来
铁剑插进石头里

雨落在大地上的时候

已经很久没看到麻雀了。所以我总是
怀疑这个冬天
那些关于命运的样本
是否需要重新采集
很慢的时间的指针和花瓶
与窗口的一棵树形成了
奇妙的夹角。那天黄昏我对他说,你往哪里去?

他没有回答我。他低着头听
滴答滴答的钟摆声落在一场雨
触及地面的瞬间
朗读者口中的第一个句子
好像在说,一种病毒的侵蚀和死亡
在逆行者肃穆的神情里
需要分析的土壤类型,谨慎地拨动回声

一个慢速的阅读者,在慎重的对比之后
把舍生取义这样的词语放在

三 盾的隐喻

思考的天平上——我读着一场雨里,小引的日记
那场雨很难停下来,也很难改变我对生死
即成的看法。但雨落在大地上的时候
虽然藏起了内心的孤独
树叶里的河流,却用自身的微小,丈量着应有的距离

两代人,其实也是两条鱼

我首先想到的是祖父,父亲
然后才想到母亲
因为观念不同
他们很少在饭桌上讨论
生活的细节。他们也从来没有想过
哪怕不说话
生活也已经被命运
梳理成一条河的两岸。那些细微的表情
比如我放下筷子
父亲皱着眉,而祖父咳嗽着
忍住了发作
使劲咀嚼
却又再次咳嗽
他憋红的脸在暗示着我们
身体里
相同的血液,正在被不同的时代容纳
——有时候我的时代像水
透明。旋转。拧紧了伤感的人

有时候我的脸像水,拨动着悲伤的故事
却没有任何色彩

水泥管和我

我的记忆,与我的联系
是在一条能唤醒自己的街道尽头
三五个摆放整齐的水泥管中
一个蜷缩着,冰冷但是柔软的身体

那是我在读伍子胥死于忠诚
内心的另一个自己
我读到了他的父亲和哥哥
他们不肯离开
一只向南的鸽子,在自己的影子上
仿佛始终在寻求理想
而不是生命的终点

伍子胥骑着马,折回边关
他的樊笼早已破碎
留下的是毕生的复仇
而他也像父兄一样死于忠诚。尽责
我和我最终的联系,也在阅读中
渐渐消失。但少年的我
不是今天的我
那些水泥管,也无法阻止我对俗世的判断

南境之诗（组诗）

微距

如果景深足够，我就能把潮水刻成一朵桃花
把花瓣上的纹理刻成有思考且孤独的人
在数以万计的贝壳中，寻找混杂其间，一枚妒忌的纽扣

每个人，都要面对内心的暴动，高傲的解放者
柔软和怯懦是唯一
不必担心死亡的词语。而我自爱
一场剧烈的爆破
并在其中冶炼灵魂的"铀"

是啊，还有更暴烈的贪念，更暴烈的太阳
在等待我挖掘体内
酝酿的聚变——从氢原子到铁原子
形成的独特建筑，精神的苑囿

加速器。河床。野草
我在一首诗里沉睡，在梦境与理想国的版图

合拢成一把刺探内心的匕首
时光的密室,把我的名字抹去,把裸体的密码留下
送给人生的曲途。安静的,愤怒的,冰冷的破译者或泄密者

十四祭

如果有一盏灯,能够阐述时间的静谧
就一定有镜面或迷宫来描述,沉在河水里的铁
怎样把沉重还给生活
风雨兼程,山路崎岖不平
又是怎样把崎岖的泥泞,还给坚强
我在灯光造成的,静谧中写诗
意图把一个人的坎坷
当作变通的理由,还给他应有的故我

我知道,这描写中含有的,铁性的意味
才是正道
是一个作者在面对
自己的时候,舍弃虚构角色
得来的勇气和灰烬一般,虔诚疾书的沉默

忘记我的名字,也是忘记
栩栩如生,拼装成辽阔岁月的孤独
它们是跳动的字节
是金银花蜜,也是我的身体里

三 盾的隐喻

积聚了许多年的船影和,萍水相逢的列车

是的,我知道我要说的,奔跑的地平线
正在远山近水的比喻中沉淀
在梳理死亡与生存
必须具有的品德,凝结成荒野上
彼此碰撞着,吸引着,又彼此拒绝,回到命运之轮
成为一生最重要的部分
理性的判断

旧事新辞

灯火和彩虹的节点
复刻逻辑的拼图。在多维度的隧道里
转换生命的人,以死亡的姿态
真正读懂了这个破旧的春天
枯竭之美。而用奇异词语制作的花朵和水流
在余生,恰好可以遇到另一个自然
神秘的句子。光轮。物质的塌陷感以及被否定

被动荡的时间海

神秘而轻的岛屿。贝壳
要用折叠术,把谷香和水流叠起
一次次。破开距离的谜题

讲解声音里的尘埃
最轻微的世界,也是最广阔的
除了让现实和梦想之间的壁垒,更加深刻
已经有太多理由让我
停下来,辨识高处,树叶上的河流

月亮像一枚温柔的银色指尖
衔住了语言的棱角
而石头在小提琴的高亢中触碰着人类
原始的乡愁。潮汐。群山。永动机
这些磨砺人间的絮语,在解答
另一个世界的提问,荒谬的,礼仪的植物
在浮动的信仰中它们溢出的蓝色
读音,或停顿,属于古代雕刻的部分
也属于我,属于一个陌生人,沉迷在江心的渔夫

巡山

刻意看清另一个自己。湖水蓝。静默的船
我用一张网,罗织太阳和陈旧的山
用黄昏和歌谣罗织鱼尾
——鲜艳的鳞片,在这一刻
比鸣沙山,壁画中的飞天,更多了一些人间的意味

天龙八部,各自归来。他们喜欢的星空
与我的星空重叠

三　盾的隐喻

不仅展示美的线条
也在展示轮回之外的自己
蔚蓝的咏叹调

巨大的卑微,在人们心里,铿锵且笃定
在一张白纸上
写下放飞的符号
巡山人也在修补灵魂的裂缝
内心的羽翼,在试飞中逐渐丰满

我的年代,在搏击中体验震撼
快意的飞行之美
泥土里的一切都在生长
像庄稼拔节,在思考的中轴线圆满一场梦
构筑一次邂逅的鸟:描述它,如描述华丽的蛹
又仿佛描述,校正灵魂的
山与钟声

雨的黎明

数词以零开始,以零结束
黎明初见。时尚,前卫的词汇,在月亮边缘
刻录白色的瓷器之谜
那些无法编纂,却能认出历史的瓷器
藏着生命的知性和秩序
而我爱过的少女是,月光穿过

一滴雨水，凝结而成的诗

忠诚与智慧，以零为中轴线
展开了飞行的句子
那些匍匐的，从岁月里，醒来的昆虫
此刻正看着一只麻雀，在林中新生
它得到属于自己的，月圆月缺
而我把它当成蝴蝶的预言。雪燕的啼鸣

我随着齿轮的惯性在加速
随着季节的惯性
写出麻雀本身，面对的雨声
以及生命被确定的瞬间
以及旧房子，以及透明的精灵。萤火
我找到一把螺丝刀
借着晨曦，拧紧我身体里，松动的音符和回忆

岷江志略

一首诗。撑起的天空，含有丰盈
圆弧的月光和鸟
暴虐的乐章在岷江上回荡
仿佛要把遥远的人，把他的故乡拉进波纹里

有时候，暴虐也是一种信仰，甚至是性感
我把一片树叶放在时间的指针上

三 盾的隐喻

我低着头,想要把自己从
水流声中取回
我的心跳。我的脉络。我的影子

微小的,草叶上的翅膀
似乎很久以前就被放在一尊青铜器的底座上
加以诠释。我感悟的人生,因此满是锈迹
铁路和未知之物,在花蕾的褶皱上
被制造,被倾覆,同时被反光
被旅途刻写成一枚草籽

我在梦里复活,升起一座,有喷泉的花园
那是精致的艺术品
是光的钟摆在摇动着原始的美学
现代力量的注解,塌陷于人生
萌发语言的暴力事件

谨慎的种子,在伽马刀的影子里切开山谷
镜子里的植物和蝉鸣
在注解明媚的银河。星辰互相解读
命运的磁场和湍急的回声
那个与我对望过的少年,智性而神秘
他把船停靠在岸边,把一只风筝送给我,就像送给
一只麻雀瞳孔的深度。低微但是高贵的修辞

光阴图

湖水。山鬼。一面镜子
纪年之谜,在月亮的心脏里

不能撕开宇宙的中心,就要在它
恒久的旋转中,得到暗物质,内核的变化

灵性的沙子,沉醉在沙漠中
树和树叶,沉醉在一只白鹤的舞蹈中

曲赋温柔地题款,置身于寸土寸金的繁华
海绵一样的,铁时代

我的回音,因为相遇变得柔软
淤泥如胎盘,孕育醇厚的,没有终点的日暮

基因。序列。或寸土之轻

铿锵前行。一抔乐土,一抔魂魄
道德的锯齿在纸面
临摹九州的激流。而火焰在河流上滚动
描绘一个人,微弱的呼吸

岩石里依旧保存的,千万年的灯光

三　盾的隐喻

在高塔上，点亮了人间
我说的人间，是活着的人们，保有的存在感
是一枚果实里，热血奔涌的句子
是在木质的钟摆上，保持着规则振幅的灵魂和水流

如果我继续成长，我的心里就会
长出千重悲伤
把浸润着情感的关隘
用死亡的喊声垒成一道照亮大地的闪电
古老的歌谣在春雨里烙印
秦汉军卒，面孔的字迹，以缺失显示"零"的存在

低微的人，将要继续低微
他们嘶哑的声音，在数据流里裸露
而石头把透过纸背的，万物的色彩固定下来
就像一个人的悲剧
固定在血统里，遗传给儿子
另一面，巨大的铁质的菱形搅动着思想的漩涡
我迈过的不仅是一条河
也是一道命运的门槛，是有重量的，时间累积的序列

南境之诗

我想到的语言，在维度与时间复杂的盘旋中定格
光芒以自己为原点校正
罗盘上置身祭台的名字和羽翼。竭力而行，画出哲学的

杠杆

而石头在河水上起落,把旧的誓言兑现
把新的一年,凿出如同天籁的,摇曳的雨水
——没有比人生更高的山
也没有比足迹更漫长的路途。南境这个奇想的名词
为尘世列出了一条山路的雏形,也给了我,意识流的闪电

山与山互文,构建人类,微薄的关隘
苍天与苍天重叠,在草纸上续写围城之下,人性的徒劳
我站在一件用旧的绳索前面
听解说员,讲到它捆绑的名字,死亡与自由
就像在静谧的农具前,倾听它锋利的挖掘
虽然它有些锈迹
但仍会让我追溯战争的真相。农耕者苦涩的面容
时代的材质在新的纳米技术里飞速跳跃
但是那些刻着古图腾的器物依旧真实
它们体内有沉默的话语
亦有流行音乐和鸟群碰撞的镜面

想到镜面,我就想到了博尔赫斯在写作中,凝视自己
他完成的巨幅的语言迷宫
总是给人无限的遐想
如同血脉的河流,推陈出新
在纸上重叠醒来的南境。淬火。冷却
穿过冗杂的音节和记忆的孤独感
与街道的雕塑角力,抗争,意欲将其推倒重来

三　盾的隐喻

但阻挡我的事物并不是时代的意志，而是陈列在旧房子里
一张旧照片里，早已模糊不清的荒原和沼泽

剩余的，驻留的，沉积的，风化的

这首诗可以写给更多人，写给我一次次向他们致敬
却未能得到回应的失落感
我的年代，正在把城市打造成钢铁的迷宫
镜子里的另一个我
常常与我背离，嘲笑我，孤立我
却在我的影子里咬着牙齿流泪

我和不同的我，在林中同行，走到一所
朴素的，干净的房子里
我们想要寻找的归宿，自始至终都是相同的
是《天方夜谭》里，阿里巴巴唤醒的石门
花园和财富，友善和黄金，泉水和爱情，似乎都在转动
在一座摩天轮的齿轮上，咬合整个世界的颜色与声音

向上的目光，迎来飞鸟。太阳。谜语里静止的翅膀
向下是穿城而过的河
是小气流抬高的风筝和追风筝的少年
我踢着眼前的纸箱
好像被电影镜头拉回童年时
一只野鸽子飞过的楼群。立体的，被灰色砖瓦

合围的乌托邦。电线杆。收音机。旧糖纸

讨论幸福的要义,和一只布谷鸟争辩勤勉
为一个异乡人,撕开新的包装盒
我们各自愣住了片刻
好像已经能听到对方的心跳
可是下意识地我们都转过身去
我靠在汽车后座上,等着寂静的,将要来临的隧道
而他是意外,与我在时间的曲线上,相遇的草木
这并不是我构思的情节
却比任何情节都能体现生活的"零"点。思维的停顿。
距离。雨声

在象征的器皿中（组诗）

如果我能作为一片叶子存在

如果我能作为一片叶子存在，撕开囚笼
向腐烂的山野。废土。脚手架，
摇摇欲坠，托举起危房，
——绿林吞没海洋，雾霭淹没月亮。

超越人文的书写，在山林之间重建家园
我看着山羊站在山顶
它所知的味道可能并不是
熟悉的草和泥土
而是人工智能前提下经过复制的
它的血液。基因。脉动一个民族未来的数字

麻雀飞来，如同闪光的绿松石
镶嵌在语言光滑的额头上
我想象自己站在一座幽莽的山坡
站在父亲身旁——

在故乡的时候，我们也是这样
用不知是否真实的词语堆砌思念的情绪
尽管时间短浅，故乡的原野幽深
但我总是觉醒于，在人间看上去永无止境
永不止歇的雨

因为没有可以想念的人
彷徨和悲伤的感受就显得特别突兀
可以猜测，许多年后，我也会因为没有人
记得我，而被相似的感受包围

那种无辜和现在并没有不同。我躺下去
像植物躺在泥土里，想象阳光
工业制造的灯具照着我和
墙壁上我的影子。我们各自有心事
表达却基本一致

随时间移动而产生的，不同的我
也盯着我出神
《梵·高先生》反复播放
像是命运在反复刻录我的年代
月亮。酒杯。纤维支撑的房子和隐约
可以辨别的歌声

——共生是不断被复刻的事物
无名的雪，在雪地上打滚。实名制卡片
把不同的面孔装在相同的盒子里

三　盾的隐喻

打上印记或编号

在已认同的语音中,我不会说反对
那些阅读我名字的植物也在
阅读内在的自己
而不是像人们常见的那样,从泥土中吸收
营养。纹理。年轮。动态的哲学
这个时代的本质却在
悄无声息地讽刺,每一个走近思考的人

向内生长的树林

在高处,山坡被阳光分割成不同颜色
我注视了很久才能确定
那是由绿色向黄色变化的树叶
不仅仅是季节,也是生命
在漫长的时间里寻找自己的过程

扎根,长出河流形状的脉络
开花结果。记忆互相弥补,吞噬
就像雪和麻雀
在风的作用下彼此替换

雪片像蒲公英一样散开,重组
从岁月深处跳下来的山羊
从清白中抽出自己留给大地的灵魂

尘世在固定的颜色里
微不足道。但我把"微不足道"四个字
写下来的时候
内心的不安却更深峻了

万物沉浮，相遇不易，生死如同植物的根须
蜷曲又伸展，伸展又蜷曲

我看着镜子中，另一个自己
有时候会恐惧来自大地的偶然
判定体内温度的细节
被重力感应的藤蔓，石头
似乎都是虚构的

我希望自己无所求地活着
却被尖锐的问句死死地压在一扇
用樟木打造的门里
当落日随意地游动时
父亲正坐在河边
而我对他的爱，并不比一场雨
对来自尘埃里寂寞的植物，爱得更深

那些很难用语言表达，理性的成分
缓慢地，向我靠拢过来
我像一棵树那样融化在时间深处
像夜晚的月光
融化在对生活的思考深处

三　盾的隐喻

每个人都是回忆里
受过伤害，或谨慎处理的词语
他们和我擦肩而过的时候，留下砂岩状
木质纹理的面孔
——粗糙的触觉如同钟摆
在嘀嗒嘀嗒地响着

粗糙的生活在摇动着
我看着自己的时候，世界也看着我
几乎不变的频率
向左，向右，唤醒一粒种子的命运
父亲埋在，无人问津的河岸上
那一抹生锈的铜绿
是冗长世界中，素履之往的诗性灵魂

一场雨的开始和结束

听《梵·高先生》的时候，雨下起来了
我想到悬崖上的山羊
卡车。收费路口。蒙特利尔的笔

粗糙的页面和这个世界之间
最稳定的联系，是一幕幕荒诞的喜剧

在舞台上，结束的事物
可能在生活里，才刚刚开始

能够改变我的事物,唯一
需要标记的形状
像冷漠的舞者,在嘴唇上涂黑色口红

属于我的果子在火山口
被泥和雪裹紧。那个爱着我的少年说
我爱你是这个世界
爱我的最好缘由

他从火车站跳下去,雨继续落下
像锤子,打在时间的漩涡里

山羊站在悬崖边眺望
悬崖下面是开满野花的峡谷
蒲公英长得很高
雨在雨里
继续表达这个世界,承受的孤独

我并不孤独的那一面
像石头和裸体的人,站在街道对面
他或她们,是我的记忆
我用浓重但没有温度的油彩
在身体上画出
生活本身的韧性。闪光。皮肤。棱角

三　盾的隐喻

刹那，或被永恒虚构的角色

在认知层面，树心的纹理和我
好像融合在一起
我闭着眼睛，想到天地
某个虚无缥缈的句子，在耳边回荡

很小的风吹着
很小的笛子在时间另一端
开始演奏
吸引我离开自己的乐章

假如人心无垢，人间就没有了悲伤
那些讲述普通生活的文字
就成了另类的虚伪
但我会把自己也虚构在里面
用以区分真实的命运

我仍旧闭着眼睛，想象自己
在时间的弦上
变化角度，与不同维度的我相遇

佛本生里的人，说来就来
说走就走
他们戴着饱和度极高的石头
打磨成俯视姿态，容纳浮生的念珠

念力因此让人畏惧
身不由己的年代和皇帝
需要用体内的铁
与之平衡——我读到兰的诗
似乎那也是奉行道德
与觉醒平衡的产物

烟火。流年。水滴
相似的内在的物质无色无味
如果旧的记忆
在纸张上研磨山水：一素，一玄
明暗之苦，皆由心生

刹那，或被永恒虚构的角色
是我本身以为与世无争
而成立的压实感——颜色也是，树叶也是

无所求的句子
在我带着侄女迈过门槛的瞬间
凭借一树梨花摇曳的姿态
令我猛然醒悟一个人内心的清澈
并不是人间的清澈

而己身雷同。物质带来的影响
并不会使人间污浊
就像唯物主义的哲思
常常把一滴雨水

三　盾的隐喻

放置在没有杂念的星空

包容我的前半段词语
其实也包容父亲
我们向前一步，洁白的思考
就穿过我们真实的身体
陈列在时间上的锈迹
巨大而冷静，像沧桑穿过生活
——万物止于这个瞬间，沉默但并不
对神灵低头的文字

抵达内心的力量

过去几个月，悲伤的事虽然很多
却让我更坚定

某个与民族关系重大的词
让我想起祖父劈木头时的样子。虽然只是背影
但他没有低过头
他只是拎着一把斧子
简简单单地劈下去。越高的木头越容易
被顺势劈开，越粗糙的纹理，越能感受到
植物原本，生存的苦难

那些从泥土里伸出来的脉络，那些拥有探求之心
但表现坦然的年轮

在人间,应该得到尊重
我想到一个准备出嫁的姑娘。她回头
看着她的村庄
她的母亲也像是一片树叶

河水像是她们共同的命运
能够洗净的事物
是对生活,不肯屈服的面孔
下山的路要走很久
要经过一些已经荒废但流淌着时间,陈旧的屋子

树叶上的星光,哪怕很快
就会消失在记忆里
明亮的瞬间还是能容纳我的心灵
从远方飞来的鸟,必然要飞去更远的远方
哪怕它们再也不识我的名字
山的颜色也会逐渐妩媚
成为不能忽略的,故乡的背景

我在一件纱衣上画熟知的蝉
柳树。牙齿。小兽
浮生的含义,雨,渐渐重叠成雁阵
须弥之下的池塘月色
因为嘈杂而失落的事物

当感悟越来越清澈,一片树叶也会抵达内心
它像一块沉默的石头依附我

三　盾的隐喻

在我大声喊出完整的自己之前
它所蕴含的回声已经在山谷里凝视我

母亲拉着我的手
攀上属于她的，属于人生的山顶
就像藤蔓，沿着尘世攀爬
用惊人的向上的力，裹起铁丝，玻璃
并把它们一件件拆解成
等距的反光点——它们的灵魂也被相应地拆解
重建，凝聚，成为新的神明